新潮文庫

堪　忍　箱

宮部みゆき著

新潮社版

6752

目次

堪忍箱

堪《かん》忍《にん》箱《ばこ》

本所回向院脇《えこういんわき》、通称寺裏通りにある菓子問屋近江屋《おうみや》が焼けたのは、師走《しわす》も半ば、凍《い》てついた北風の吹きすさぶ夜のことである。火元は近江屋の台所で、家人も使用人たちもとっくに寝静まり、火の気がないはずのところから唐突に燃え立った炎は、それが台所を舐《な》め尽くし天井に達し、磨きこまれた樫《かし》の板張りの廊下に煙がもうもうと立ちこめるまで、誰にも気づかれることがなかったのが大きな災いだった。

近江屋の当主清兵衛《せいべえ》のたったひとりの孫娘、新年を迎えれば十四歳になるお駒《こま》は、台所からは遠い、建屋の南側の瀟洒《しょうしゃ》な庭に面した座敷に、母親のおつたと枕《まくら》を並べて寝《やす》んでいた。生家を焼き尽くそうとする炎も煙も、彼女の夢のなかまでは忍び込んでこず、眠りは平和で深かった。

先に目を覚ましたのはおつたの方だった。遠くの方で、何か金気のものが打ち鳴らされる音を、夢うつつのなかで聞きつけたのである。彼女は寝床の上に跳ね起きた。

座敷のなかは静まり返り、冷えた夜気に満たされて、何の変わったこともないように見えた。が、ひとつの商売屋を預かり切り回すお内儀《かみ》として鍛え抜かれた彼女の勘は、この夜のなかで尋常ではないことが起こりつつあると報《しら》せていた。おつたは寝床から抜け出し、廊下と座敷を仕切っている唐紙《からかみ》を開けた。そこには、天女が気まぐれに袖《そで》をひらめかせたかのように、薄く淡く白い煙が帯になって漂っていた。

おつたは叫ぼうとした。だがその叫びより先に、台所の方からお島の悲鳴が聞こえてきた。女中頭《がしら》はたまげるような声を繰り返し繰り返し張りあげながら、家中の者たちに火事を報せていた。

近江屋はさほど大きな構えの建物ではなかった。蔵は別として、店と住まいの方を合わせても、部屋数は十に足らない。廊下を駆け出すと、台所からあふれ出て廊下へ、住み込みの使用人たちの部屋へと舌をのばしてゆく炎の赤い色が、おつたの目に飛びこんできた。

「お島、お島、気をつけて！」

「お内儀《かみ》さん、こっちへいらしちゃいけません！」

桶《おけ》を構えて炎に立ち向かってゆく番頭の八助の横顔が、煙と熱気にまぎれてちらりと見えた。火の粉が顔に降りかかってくる。おつたは寝間着の袖で顔を覆《おお》い、なんとかお島たちを手伝おうとしたが、煙に咳《せき》こんでしまい、近づくことさえままならない。

——これはいけない。消し止められるもんじゃない。

思った次の瞬間に、おつたは身を翻《ひるがえ》して廊下を駆け戻った。座敷に戻ると、お駒が寝床の上に膝《ひざ》立ちになり、寝間着の襟元をしっかりとつかんで目を見張っていた。

「おっかさん――」

「起きなさい、火事だよ。逃げなくちゃ」

おつたはお駒に駆け寄ると、夜着の上に広げて伏せておいた綿入れの半纏《はんてん》を着せかけた。

「廊下はもう危ないから、お庭へ出なさい。庭を回って、おじいちゃんのお部屋の縁側へ上って、おじいちゃんを呼びなさい。一緒に、南側の廊下を通ってお店の方から外へ出るんだよ、いいね」

当主の清兵衛は六十五歳、商いのさばきなどはまだかくしゃくとしているが、いささか耳が遠くなっている。まだ起きてはいるまい。幸い、清兵衛の寝間は台所からいちばん遠い建屋の南端にある。お駒とふたりで逃げれば心配はあるまい。

「おっかさんは？」と、お駒が母親の袖をつかんだ。「いっしょに逃げようよ」

「あたしもすぐに追いかけるから」おつたはお駒の手を握り、微笑《ほほえ》みを浮かべた。「いくつか、持って出なくちゃならないものがある。だけどすぐだから。すぐに逃げるよ」

あれは、寺裏通りの入口に立っている火の見櫓《やぐら》だろう、擦半鐘《すりばんしょう》が聞こえる。おつたは雨戸を開け、お駒の小さな背中を庭の方へと押しやった。

「さあ行きなさい、早く！」

お駒は素足で庭に降りた。沓脱石《くつぬぎいし》の上の庭下駄《げた》を履こうとして、昼間も夜もどんよりと曇り、風ばかり吹いて寒い日だったのに、満月に照らされてでもいるかのように庭が明るく、下駄がはっきり見えることに気がついた。振り仰ぐと、二階の北側の連子窓《れんじまど》から炎が吹き出していた。炎は夜空に向かって躍りあがり、勝ち誇るように赤い指を広げていた。

半鐘はけたたましく、庭のぐるりの檜《ひのき》の塀の向こう側から、近所の人々のわめき騒ぐ声も聞こえてくる。お駒は走って庭を横切り、清兵衛の寝間の縁側によじ上った。

「おじいちゃん、開けて」

雨戸を両手一杯叩《たた》き、大声で呼んだ。すると雨戸はすぐに開いた。開けたのは住み込みの女中のおしゅうだった。清兵衛を助けに来たらしい。

「お嬢さん、ああよかった。早くこっちに」

おしゅうの声に、座敷の清兵衛が振り返った。床の間の隣の違い棚の物入れのなかから、綴《と》じた書き付けや紐《ひも》をかけた小箱を取り出して、両腕に抱えている。

「お駒、早く逃げなさい。おっかさんはどうした」

「荷物を持ってすぐに来るって」

「荷物なんてものは……」自身も両手に書き付けなどを抱えながら、清兵衛は怒ったように短く吐き捨てた。「放っておけばいいんだ」

「あたし、見てきます」

おしゅうが廊下に飛び出し、煙が、と大きな声をあげた。

「旦那《だんな》さま、お嬢さん、早くお店の方に！　早くしないと、こっちの廊下にも煙がいっぱい！」

おしゅうが咳こみながら、煙のなかを泳ぐように、おつたとお駒の部屋へ引き返してゆく。とっさにお駒を庭へ回らせたおつたの判断は正しかったようだった。

「おつた……」廊下に立ちこめる濃い煙の幕を呆然《ぼうぜん》と眺めながら、清兵衛ががっくりと言った。「おつたは……」

それから、はっとしたように身じろぎした。

「そうだ、堪忍箱《かんにんばこ》が！」

お駒はその言葉をちゃんと聞き損ねた。かんにん──何だって？

「おじいちゃん、なあに、なんのこと？」

清兵衛は身をかがめ、お駒と視線をあわせると、両手に抱えた書き付けなどを──それは古い大福帳の写しであるようだった──手渡した。

「これを持って逃げておくれ。店の方へ──」

言いかけたとき、庭の方でひときわ大きな人声がして、檜の塀にめりめりとひびが入った。斧《おの》で打ち破ろうとしているのだ。一方、梯子《はしご》を立てて、塀を乗り越えてくる火消し衆もいる。

「ああ、助かった。おおい、おおい！」清兵衛は大声で火消し衆を呼ぶと、お駒を抱きあげるようにして彼らに指し示した。

「この子を頼む！」

言うなり、祖父は煙に満たされた廊下へと消えた。今や、熱気はお駒のすべすべした頬にもはっきりと感じられるようになっていた。ばりばり、みしみしと、建屋全体が悲鳴をあげ始めていた。

「こっちだ、こっちへ来な！」

火消しのひとりにすくいあげるように抱き上げられ、腕から腕へと渡されて、打ち破られた塀の隙間《すきま》から、お駒は外へ運び出された。清兵衛から預けられたものを細い両腕に抱え、煙に涙を流しながら、大声で繰り返し、繰り返し呼びかけた。

「おっかさん！　おじいちゃん！」

近江屋を焼き尽くした炎は、お駒が震えて見守る前で、土蔵の白い壁を乗り越え、打ち壊された檜の塀を躍り越えて、近隣の家々へと燃え広がってゆく。誰か知らない人が手を握ってくれたので、お駒はその手にしがみついた。

おしゅうが煙にまかれながら命からがら逃げ出してきた。続いて、使用人たちが数人、顔を煤《すす》で黒くして、火傷《やけど》の痛みと恐怖に泣き叫びながら助け出された。彼らのうちのひとり、手代頭の松太郎が叫んだ。

「まだ旦那さまとお内儀さんがなかに！」

そのとき、その叫びを嘲笑《あざわら》うかのように、近江屋の瓦《かわら》屋根が雪崩《なだれ》を打って崩れ始め、炎を下敷きにどっと建屋が傾いた。火消しの梯子がひとつ、その弾みで跳ね飛ばされ、誰かが落ちて悲鳴があがった。

「おっかさん……おじいちゃん……」

煙のせいか、恐ろしい予感のせいか、お駒は涙を止めることができなかった。その潤《うる》んだ目に、傾いた屋根と柱の隙間から、這《は》い出るようにしてお島が現れるのが見えた。火事場をとりまく人びとはどっと歓声をあげ、彼女を助けに駆け寄った。

お島はひとりではなかった。気を失い、前のめりに頭を垂れたおつたを連れていた。

「お内儀さんをお願いします」

髪は焦《こ》げ、顔は火傷で真っ赤になりながらも、お島は気丈に、人びとにおつたの世話を頼んだ。おつたは頭のどこかから血を流し、足にも傷を負っているようで、両膝ががっくりと折れていた。

「おっかさん！」

お駒が声をあげて駆け寄っても、おつたは気づかなかった。抱えあげられ、戸板に寝かされたその顔。火災に一段と勢いづいて吹きまくる北風に乗ってちりぢりに飛んでくる灰よりも、なお白い。

だが、そんな様子でありながらも、おつたはその両腕のなかに、何かをしっかりと抱え込んでいた。誰が腕を解かせようとしても無駄だった。

「何を持ってるんだろう」

お駒は母親の戸板に寄り添い、騒々しい人声と入り乱れる人びとの腕や身体《からだ》の隙間から、母のかき抱いているものを垣間見《かいまみ》た。風呂敷《ふろしき》できっちりと包んであるが、どうやら箱——黒い漆塗りの、文箱《ふばこ》のようなものであるようだった。

——箱が!

そう叫んで、逃げることも忘れて火事のなかに戻っていった清兵衛の顔が、ふと思い出された。あれは確か——そう、かんにんばこ、と言っていたように聞こえたけれど。

——おじいちゃんは?

清兵衛は、いつまでたっても炎のなかから逃げ出してはこなかった。どれほど待っても、姿を見せなかった。

助け出されることも、遂《つい》になかった。

焼け出された近江屋の人びとは、とりあえず根岸の寮へ移った。寮と言っても、近江屋の身代にあわせてそれほど大きな家ではないので、家族や頼るあてのある男の使用人たちは、お店《たな》が再建されるまで、それぞれつてを頼って別々に暮らすことになったので、寮に集まったのは女たちばかりであった。

女中頭のお島は、自分も手足にひどい火傷を負っていたが、寮の下男の久次郎に手伝わせて、おつたの世話を焼き、お駒の身の回りにも気を配ってくれた。お島は常におつたのそばを離れず、寝間もいっしょにして、ほかの者たちを近づけようとしなかった。

おつたは、火事の夜以来、ずっと気を失ったまま目覚めることがなかった。医者の話では、煙をたくさん吸いこんだことと、倒れてきた柱で頭を打った傷が深いことが、その原因であるらしかった。火傷や足の怪我《けが》は、時間と共によくなっていくだろうけれど、では彼女がいつごろ目覚めるかということには、とんと目処《めど》が立たないと、気の毒そうに医者は告げた。

「できるだけお母さんのそばにいて、話しかけてあげるといい。目は開かなくても、耳は聞こえているかもしれないのだからね」

その勧めに従い、お駒は一日に何度となく母親の寝間を訪ねては、あれこれと話しかけた。おつたは青白くやつれた顔に瞼《まぶた》を閉じ、いつも顎《あご》の先を布団《ふとん》に隠したまま、同じしいんとした顔で眠っている。

お駒は、一生懸命母に話しかけた――今朝、野うさぎを見つけたとか、久次郎が団子を買ってきてくれたとか、根岸の町は、本所と比べて寒いようだとか——けれども、終わりの方にはいつも、泣き声になってしまった。泣き泣き話しかけていると、いつもお島が背中を撫《な》でて慰めてくれたけれど、そのお島も涙ぐんでいた。

近江屋から発した火事は思いの外の大火となり、都合二十人ばかりの人びとが焼け死んだ。そのために、行方知れずの清兵衛の安否も、なかなかつかむことができなかった。お駒たちは、万にひとつの幸いがあって清兵衛が生き残っているかもしれないと望みを持っていたが、火事から数えて六日目に、番頭の八助が、いかにも借着とわかる袖丈《そでたけ》の合わない着物を着て寮を訪ねてきて、昨日、瓦礫《がれき》の下から旦那さまのものらしい焼け焦げた遺体を見つけた——と報せたとき、その希望もついえてしまった。

清兵衛は亡《な》く、おつたもあの様子では、近江屋は立ち行かない。いったいどうしたものだろうかと、八助は憂《うれ》いを通り越してどこかが痛むかのような顔でため息をついた。

「番頭さんがそんな頼りないことを言ってちゃ困るよ」と、お島が声を奮い立たせた。

お島、八助、お駒の三人は、おつたの眠っている枕元《まくらもと》で、火鉢を囲んで座っていた。外は雪模様で、しんとも音がしない。

「しかし……」

「あんたが先に立ってお店を立て直さなくちゃ。いつかはきっと、お内儀《かみ》さんは目を覚ます。きっと覚ますからさ」

「私ひとりじゃ荷が重い。やはり、淀橋《よどばし》に頼んだ方が……」

青梅街道淀橋には、近江屋の親戚《しんせき》筋の菓子問屋がある。当主は故清兵衛の従兄《いとこ》に当たる。息子三人に恵まれた果報な家のことだから、頼めば手伝いを寄越してくれるかもしれない。

だが、お島はきつく反対した。

「そんなことをしたら、しまいにゃ乗っ取られちまう。番頭さんだって、淀橋の旦那さんが腹黒いことぐらい百も承知でしょうに」

お島はお駒を引き寄せると、微笑みかけた。

「うちにはお嬢さんがいなさるじゃないか。幸い、酒や生臭《なまぐさ》ものの問屋じゃない。近江屋は菓子問屋だ。お嬢さんだって、もう四、五年も経《た》てば、立派に近江屋の表看板を背負って立つことができるようになるさ。あんたさえしっかりお手伝いをすれば」

近江屋は、干菓子《ひがし》と水飴《みずあめ》を扱う菓子問屋である。ことに、金箔《きんぱく》を浮かせた「錦糸楽《きんしらく》」という水飴は、見た目にも美しく、また不老長寿の元だと人気が高い。この錦糸楽、元は享保《きょうほう》の初めのころ、一介の飴売りを振り出しに菓子屋を興《おこ》した近江屋の創業者善太郎が売り出した看板商品である。享保のころといったら万事に倹約・引き締めで、金箔入りの水飴など分不相応な贅沢品《ぜいたくひん》だと真っ先にお咎《とが》めを受け、善太郎も手鎖《てぐさり》五十日の重い罰を受けたことがある。が、善太郎は屈することなく、おかみの目に隠れて錦糸楽を売り続け、それが今日の近江屋の身代の礎《いしずえ》となった。

「こんなことくらいでしおれちまったら、ご先祖さまに顔向けができないって、旦那さまがあの世で嘆いていらっしゃる。元気を出しておくれよ、番頭さん」

八助は気弱そうに眉毛《まゆげ》を下げた。「それはよくわかっているけれどもねえ」

「頑張っておくれよ」

「ああ、せめて若旦那さまが生きていてくだすったらなあ」

清兵衛のひとり息子であり、おつたの夫、お駒の父である近江屋彦一郎《ひこいちろう》は、一昨年の夏の終わりに、急な病で亡くなった。下腹にひどい痛みを訴え、盛んに吐き、発病してから一刻《いっとき》足らずで亡くなるという異様な死に方で、どうやら酒の肴《さかな》にとった小魚の生干しによる食あたりであったらしいということで落ち着きはしたものの、彼の死後しばらくのあいだ、近江屋には不吉な黒い雲が漂ったものだった。

幸い、商いの方では、清兵衛とおつたが手をとりあって努力を重ねたおかげで、彦一郎を失った痛手を最小限にくい止めることができた。というよりも、商人仲間や親戚筋のあいだでは、苦労知らずに育った彦一郎よりも、小さな菓子の小売り屋から近江屋に奉公にあがり、そのかいがいしい働きぶりを清兵衛に認められて嫁に来たおつたの方が、ずっと商売上手だと評判が立ったほどだった。実際、清兵衛とおつたの間柄は円満で、彼女が奉公人であったころから、清兵衛は賢いおつたを可愛《かわい》がり、嫁となったばかりのころは、まだ存命だった清兵衛の妻、当時の近江屋のお内儀が悋気《りんき》をして大変だったという噂《うわさ》もあったほどである。

「そりゃ、若旦那は惜しいことだったけど、今さらそんなことを言ったってしょうがないじゃないか」と、お島はどこまでも気丈である。その傍らで、お駒はふと思い出していた。

——そういえば、おとっつぁんも。

父親の急死は、お駒にとっても辛《つら》い出来事だったけれど、いつも商いに忙しく、無口で静かな人であった彦一郎とのあいだには、あまり思い出が残っていない。彦一郎に肩車をしてもらったとか、夜店に連れていってもらったなどということが、お駒にはないのである。

だがしかし、今度の火事と、父親の数少ない思い出とのあいだに、ふと通ずるものがあることにお駒は気がついた。

——かんにんばこ。

亡くなる少し前のことだ。雨模様の蒸し暑い日で、お駒は外に出ることができず、奥の廊下で手鞠《てまり》を転がして遊んでいた。ころころと転げてゆく鞠を追いかけて仏間の前に行くと、わずかに開いた唐紙《からかみ》の隙間から、父親の呟《つぶや》くような声が聞こえてきた。

——かんにん、かんにん。

そう言っていた。

お駒はそっとのぞいてみた。彦一郎は仏壇の前に正座し、膝《ひざ》の上に黒っぽい小さな箱をのせて、その箱に向かって「かんにん、かんにん、かんにん」と呟いているのだった。

箱の蓋《ふた》は開いていなかった。ごく小さな、文箱みたいな箱に見えた。そして、思い出せば思い出すほど、その箱が、火事の夜おつたがひしと抱きしめていた箱と似ているように思えてくる。しかも、「かんにん」という言葉も同じだ。

お駒は顔をあげ、お島と八助を見比べながら、堪忍箱《かんにんばこ》の話を持ち出してみた。

「おっかさんが大事に大事に抱えていたあの箱、あれが堪忍箱なの？　堪忍箱って、いったい何なの？」

八助は驚いたように目を見張った。お島はぐいと口の端を曲げた。怒ったのかと、お駒は思った。だが、おろおろしている八助が何か言う前に、お島は落ち着いた低い声で話し始めた。

「どっちにしろ、いつかはお嬢さんにお話ししなくちゃならないことでした。お内儀さんも、お許しくださるでしょう」と、優しい目で眠るおつたの横顔を見た。

「堪忍箱というのは、お店をつくった善太郎さまの代から近江屋に伝わる箱なんです」

「おっかさんが抱えていた箱ね？」

「さようでございますよ。堪忍箱を守って、次の代の当主にきちんと伝えてゆくのが近江屋のあるじの役目なんです。ですからこのことは、近江屋でもほんのひと握りの人たちしか知っていません。お嬢さんも、奉公人たちなんかにうかつにしゃべっちゃいけませんよ」

受け継いで行く大切なもの——だからおっかさんもおじいちゃんも、火の中に戻っていったのか。

「中身は何なの？」

お島はゆっくりと重々しく首を振った。

「存じません。もともと、あたしなんかにはわかるはずもないけれど、お内儀さんも旦《だん》那《な》さまもご存じないはずです」

「中身を見てはいけないんですよ」と、八助が言った。「だから堪忍箱なんです」

「ならぬ堪忍、するが堪忍」と、お島は言った。「中身を見たいと思う気持ちをぐっとこらえて蓋を開けない。そういうことです」

「だけど、それじゃあ、どうして大事にしなくちゃならないの？」

「堪忍箱の蓋を開けたら、近江屋には災いが降りかかるといういわれがあるんです」

「箱は今、どこにあるの？」

「お島が預かっております。そのうちに、お嬢さんにもお見せしますよ。お嬢さんが当主になられたら、ご自分でしっかりとしまっておかなくちゃならないものでございますからね」

「なんか……よくわからない」

呟いたお駒に、とりなすように八助が言った。「堪忍箱には、善太郎さまが商いの心得についてお書きになったものが入っているという噂ですよ」

「番頭さん――」お島がけわしい顔をする。

「いいじゃないか、害になる話じゃない」八助はお駒の方に身を乗り出した。「その書き物のなかに、お店のなかの決まりは、当主が率先して守らなければならぬというくだりがありましてな。つまり、中身を見てはいけないという決まりを守ることができなかったら、それは近江屋の当主の資格がないということになるわけでございますよ」

お駒の頭の中に、あの蒸し暑い夏の日、堪忍箱を膝にのせていた父の姿が浮かんできた。「堪忍、堪忍」と呟いていた――

――あれは、開けちゃいけない、いけない、と自分で自分に言い聞かせていたんだろうか？

でも、その甲斐《かい》もなく、なかを見たいという気持ちに負けて、おとっつぁんは蓋を開けてしまったんだろうか？　そのために、あんな急な死に方をしたんだろうか？

――蓋を開けたら、災いが降りかかる。

お駒は、すうと背中が寒くなった。慰めを求めておつたの顔を見てみたが、母は眠ったままだった。

その日を境に、堪忍箱の幻影は、お駒の夢のなかにまでつきまとうようになった。夢のなかでお駒は仏間に座り、膝の上に堪忍箱をのせている。今にも蓋をとろうとしている。と、そこに、振り絞るような彦一郎の声が聞こえてくるのだ。

――お駒、開けちゃいけない。開けたら、おとっつぁんのように地獄へ落ちることになる。けっして開けちゃいけない。

冬の真夜中に、お駒はびっしょりと汗をかいて目を覚ます。

だがしかし、近江屋の再建に取りかかり奔走しているはずの八助が、顔をひきつらせ、本所寺裏の町役人と共に寮を訪れて、お駒たちにとってはさらに恐ろしいことを告げたのは、それから数日後のことだった。

近江屋の火事には、付け火の疑いがあるというのである。

「おかみは、うちの奉公人たちをお疑いの様子だ。とりわけ、女中たちを」

町役人がひととおりの事情を話し、あたりをはばかるようにそっと帰っていったあと、八助はしわだらけの額の冷汗を拭《ぬぐ》いつつ、そう言った。

「もしもそういうことだったなら、あれだけの死人も出た火事のことだ。付け火をした本人だけでなく、近江屋もただでは済むまい。身代を取りあげられて――」

「まあ、お待ちよ番頭さん」お島が割って入った。「今からそんな取り越し苦労をしたってしょうがないだろう。うちの者がやったっていう、確かな証《あかし》があるわけでもないんだ」

近江屋には住み込みの女中ばかりが四人いる。四人とも、今は寮で暮らしている。筆頭がお島で、その下が台所がかりのお辰《たつ》。その下におしゅうとお陸というふたりの娘。彼女たちは掃除から水くみから、下働きの仕事をなんでもこなす。

「それに、うちの女中たちはみんなお店想《おも》いのしっかり者ばっかりですよ。あたしが太鼓判を押します」

お島は、先代のお内儀が彦一郎を産んだとき、子守奉公に来たのが振り出しだから、いちばんの古株だ。お辰もその次に長い奉公で、そろそろ十五年ほどになる。おしゅうも五年以上働いている。いちばん若く、いちばん短い奉公のお陸でも、今年でまる三年だ。

「みんな働き者で、今だって、お店が始まるまで少しでも暮らしの足しになるようにって、近所の畑を手伝いに行ったりしているくらいなんです。下手に疑ったら可哀相《かわいそう》じゃないですか」

「そりゃそうだけれど――」八助は口をもごもごさせた。「火元が台所だろう？　それに、付け火をするのは女が多いんだそうだ」

「いい加減な話じゃないんですか？」

八助はぶるぶると首を振った。「とんでもない。全部燃えてしまって何の証も残っていないから、これからしばらくのあいだ、岡っ引きの手下がこの寮を見張って、怪しいところを見せた者はすぐに番屋に引っ張ってゆくと言っていたよ」

お島はおおげさに顔をしかめた。「お内儀さんが聞いたら、きっとどんなにかお嘆きになるでしょうよ」

お駒は今日も、ふたりのあいだに座っていた。まだお小さくて気の毒だけれど、お店の先行きに関わる話は、お嬢さんにも聞いてもらわなくちゃいけないと、お島が言い張ったためだ。

「見張りたいならいくらでも見張るといいですよ。何も出てきやしないんだから」

鼻息荒いお島から逃げ出すように八助が帰って行くと、お島はお駒に向き直った。

「嫌なお話が続きますね、お嬢さん」

お駒は素直にこっくりとうなずいた。布団《ふとん》の下に手を滑らせて、おつたの手を探り、握りしめた。骨張ってかさかさに乾いてはいたけれど、温かい。それで少し、慰められた。

「八助さんみたいに泡をくっちゃいけませんけれど、付け火の疑いということじゃ、岡っ引き連中は相当しつこくこの寮を見張るでしょう。何が起こるかわかったもんじゃありません。このあたしが、付け火の疑いで引っ張っていかれるかもしれない」

「お島……」

「そんな心細そうな顔をしないで。お嬢さんは、形の上ではもう近江屋の当主、立派な跡取りなんですからね」

お島はすっと膝をずらすと、お駒に近寄り、声をひそめた。

「何かあって、あたしがこの寮を離れなくちゃならないようなことが起こるかもしれません。ですから、このあいだお話しした堪忍箱、お嬢さんにお預けしたいと思います」

お駒は驚き、息を呑《の》んだが、お島はその顔をじっと見つめてうなずいた。

「ようございますね？　きっとしっかり預かって、大事にしまってくださいましよ」

「あたしには無理よ……」

「無理なことはございません。亡《な》くなった旦那さまだって、先代がご病気がちだったんで、十五の歳《とし》にはもう堪忍箱をお預かりになったと話しておられました。お嬢さまとひとつしか違いませんよ」

そう言うなり、お島は静かに立ち上がり、おつたの眠っている頭の上の押入を開けると、そこに半身をもぐり込ませ、詰め込まれている行李《こうり》や布団の隙間《すきま》をごそごそと探っていたが、やがて身体《からだ》を引き出した。その手が、真新しいちりめんの風呂敷《ふろしき》に包まれた小さな四角い文箱《ふばこ》のようなものを持っていた。風呂敷の隙間からのぞく箱の色は黒色。漆塗りだ。

――あの夜、あたしが見た箱だ。

息を止め、胸に手をあてて見守るお駒の前で、お島は大事そうに風呂敷をとき、箱を捧《ささ》げると、目を閉じて頭を下げた。

「近江屋の家宝でございます」

差し出された箱を、すぐには手に取ることができなかった。箱は古びたもので、よく見ると角かどの漆がはげ落ちている。側面には柄がなく黒一色だが、蓋の上一面に、細かな螺鈿《らでん》細工で白い花が描き出されていた。木蓮《もくれん》の花であった。

木蓮は、喪の花だ。お駒はぞっと腕に鳥肌が立つのを感じた。開けたら災いが降りかかる。苦しみ抜いて、布団の端を両手でつかみ、うめきながら死んでいった父親の記憶が蘇《よみがえ》った。

「ご先祖さまから伝えられてきたものですよ、お嬢さん」お島が厳しい声で言った。「受け取れないなんて言っちゃあいけません。お母さんがどんなに悲しまれるか」

おつたはこんこんと眠っている。ひょっとしたら、もう二度と目を覚ますことはないのかもしれない。近江屋にはもうお駒しかいないのだ。手鎖の刑を受けても看板商品を引っ込めることのなかった創業者の気骨を受け継いで、のれんを守っていくべき立場にあるのは、もうお駒だけなのだ。

お駒が震える両手を差し出すと、お島はそっと、堪忍箱をのせた。

箱は軽かった。その意外な手応《てごた》えが、お駒のくちびるを動かした。

「お島――」

「何でございます？」

「あんな火事でおじいちゃんは死んで、おっかさんもこんなことになった。あの夜、もしかしておっかさんは、この箱を開けたんじゃなかったのかしら。中身を見たくてたまらなくなって……」

お島の目が険しく光った。お駒は急いで言った。「おとっつぁんだってそうよ。この箱を開けてしまったから、あんな死に方をしたんじゃないの？　この箱は近江屋の家宝なんかじゃなくて、災いの種なんだわ」

ゆっくりと、お島が息を吐いた。

「もしもそう思うのなら、なおのこと、お嬢さんがしっかりお守りして、誰の目にも触れることがないようにしてくださらなくちゃいけません」

お駒は目をあげた。お島が見つめていた。深夜、月の光を受けてかすかに光る夜叉《やしゃ》の面のような顔だった。

その晩から、お駒は堪忍箱と共に暮らすようになった。

お島寮に移ってきてからこっち、お駒はずっとひとりで寝起きしていた。堪忍箱は、お島もそうしていたように、夜具を入れる押入の奥に、ちりめんの風呂敷に包んでそっとしまいこんだ。座敷を離れて戻ってきたときや、朝起きたとき、夜眠るとき、必ず押入を開けて箱がそこにあるのを確かめるのが、お駒の新しい日課になった。

箱を開けたい、中身を見たいという気持ちよりは、恐ろしさの方が先に立っていた。祖父や両親の身に降りかかった惨《ひど》い出来事の根が、あの小さな黒い漆塗りの箱のなかにあるような気がしてならない。あの箱は、近江屋に仇《あだ》なすものであり、あそこに封じ込められているものはご先祖の書き付けなどではなく、もっともっとまがまがしいものなのだと思えてならなかった。

そしてそのことを、八助やお島も知っているのではないか？　祖父も父も母も知っていたのではないか？　それを思うと、お駒には、錦糸楽《きんしらく》で華麗に財を成したはずの近江屋には、呪《のろ》われた血が流れているのではないかと思えてくるのだった。

八助が青くなって報《しら》せてきたことに嘘《うそ》はなく、岡っ引きとその手下たちは、近江屋の寮を探り始めた。それは密《ひそ》かに見張るなどというものではなく、あからさまに、寮に住む誰にでもわかるような形での、脅しじみた監視だった。井戸端へ出れば、垣根の向こうに目つきのよくない猫背の男がこちらを斜交《はすか》いに眺めながら立っているのに出くわし、何気なく窓の外に目をやると、家の陰に誰かがさっと姿を隠すのを感じる——という具合で、お駒やお島が何も言わなくても、同じ屋根の下に暮らしている女中たちは、すぐに異変を察して不安がり始めた。お陸など、畑仕事の帰りに尾《つ》け回されたと、泣いて帰ってきたくらいだ。

こうして「疑っているんだぞ」というところを見せておけば、後ろ暗いところのある者が、きっと自分からしっぽを出す――そう考えているのだろう。事実、女中たちは落ち着きをなくし始め、何でもないことで口げんかをしたり、仲違《なかたが》いをしたりするようになった。寮のなかが、煮え立った鍋《なべ》に無理に蓋《ふた》をして、はじけ飛ぶのを待っているかのような息苦しい雰囲気になってきた。

監視が始まってちょうど十日目、火事の夜と同じような、吠《ほ》えるような風が吹く夜だった。お駒は何度寝返りを打ち枕《まくら》の上で頭を置き換えても眠ることができず、暗い天井を見あげていた。考えまいとしても、火事の夜のことを思い出してしまう。

――もし、今夜ここから火が出たら。

あたしもあの堪忍箱《かんにんばこ》を抱いて逃げるのだろうか。早くしなければ自分の命が危ないのに、それでも敢《あ》えて箱を取りに引き返し、胸にかき抱いて逃げるのだろうか。

――ううん、あたしだったら、あんな箱、いっそ燃えてしまえばいいと思うだろう。とっとと自分だけ先に逃げて、あんな箱、燃えるに任せてしまうだろう。

そんなことを考えていると、ますます目がさえてきてしまった。諦《あきら》めて起きあがり、夜気に震えながら押入を開けると、真っ暗ななかに手をさしのべて、ちりめんの風呂敷が箱を包んでいるその感触を確かめた。

確かに、ある。大丈夫だ。

そのとき、一陣の風が雨戸を叩《たた》き、古びた寮の建屋の軒先を殴りつけるようにして通り過ぎていった。が、その大きな音の底に、かすかに混じって、女の叫び声のようなものが聞こえたと、お駒は思った。

耳を澄ます。風の音が聞こえるだけだ。さっきのは空耳だろうか——

いや、また聞こえた。言い争うような女の声だ。

お駒は寝間着のまま廊下へ走り出した。すると声ははっきりと聞こえた。おつたとお島の寝間の方からだ。大声をあげているのは——

「早くいいなさいよ、あの箱はいったいどこにあるのよ！」

おしゅうだ。

お駒はおつたの寝間に走った。背後で唐紙が開き、お嬢さんと呼び声がした。お辰だ。お駒は首をよじって声をあげた。

「おしゅうが騒いでるの。早く来て！」

足音を立てて廊下を進み、唐紙をいっぱいに引いた。目の前に、白い寝間着を着たおしゅうの背中があった。仁王立ちに立ちはだかり、右手に包丁を握っている。おつたの部屋は、看病の都合もあり、夜通し明かりをつけている。灯心をしぼった行灯《あんどん》の明かりは弱く、すきま風にちろちろと揺れて、おしゅうの手の刃物に映って光った。

お島は寝床を抜け出し、横たわるおつたを全身でかばうようにして、おしゅうをにらみつけていた。寝間着の膝《ひざ》が割れ、お島の太い腿《もも》が見える。おしゅうの包丁の切っ先は、そのあたりに向けられていた。

「お嬢さん！」

お島が叫ぶと、おしゅうが首だけこちらを振り向いた。行灯を背にして真っ暗なその顔に、なぜかしら目ばかりが大きい。それをお駒ははっきりと見た。

「箱はどこなのよ」

酔っぱらったような口調で、おしゅうが言った。ああ、狂っていると、お駒はとっさに思った。

「箱って？」

「とぼけるんじゃないよ！」おしゅうの口から唾《つば》が飛んだ。

「箱だよ、黒い漆塗りの箱だ。どこにあるんだい？　あんたが持ってるんだね？」

「お嬢さんに向かってなんて口を！」

「お嬢さんなんかであるもんかい、人殺しの娘のくせに」

おしゅうの言葉に、お駒だけでなく、お島も、お辰もお陸も、やっと駆けつけてきた久次郎も、その場に立ちすくんでしまった。

おしゅうは目を怒らせたまま、いきなり涙をぼろぼろとこぼし始めた。

「いいかい、お駒。あんたのおっかさんは、あんたのじいさんとできてしまって、邪魔になった旦那《だんな》さまに毒を盛って殺してしまったんだ。あんなに急に死ぬなんて、それしか考えられないんだ」

お駒は何か言おうとしたが、声が出なかった。ただくちびるがわなわなと震えた。

「あんなお優しい旦那さまを——」

涙を流すおしゅうに、背後からかばうようにお駒の肩を抱いていたお辰が、確かめるようにぼそりと言った。「おしゅう、あんた、旦那さまに岡惚《おかぼ》れしてたんだね?」

お陸が小さく呟《つぶや》く。「だからあたしがずっと言ってたじゃないの、おしゅうさんは変だって」

「長いこと、あたしは証《あかし》を探してたんだ」

「何の証を?」と、ようやくお駒は訊《き》いた。

「おとっつぁんが毒をつかわれて殺されたという、その証?」

「そうだよ。そしてあの夜、やっと見つけたんだ。お内儀さんが——」

ここでも眠ったまま、死びとのように目覚めることのないおつたを見返り、「仏間で黒い漆塗りの箱を取り出して、こそこそ隠れるみたいにして、『堪忍してください、堪忍ね』って言っているのを」

お駒はああと叫びたくなった。そういうことだったのか。

「だからあの箱にはきっと何かあるって思って……探したけど見つからない」

「だから火をかけたんだね？　火をかければ、大事なものだから持ち出すと思って？」

お島が叫び、躍りあがっておしゅうに飛びかかった。「このひとでなし！」

お辰たちもお島に加勢した。このごろの厳しい監視に追いつめられ、自棄《やけ》になって包丁を持ち出してきたのであろうおしゅうは、たったひとりで四人を相手に鬼神のような大暴れをした。

お駒は腰を抜かしてその場にへたりこみ、おつたのそばに行こうとしたが、そのとき暴れるおしゅうの腕が行灯にあたり、行灯が倒れて燃えだした。

「火が、火が！」

皆が叫んで消しにかかる。おしゅうは横座りになって肩で息をしている。おつたは目を閉じ、この騒ぎにも、布団《ふとん》が乱れてしまったことにも気づくことなく、ただ静かに眠っている。

お駒は這《は》うようにしてその場を離れた。

——あの箱、堪忍箱だ。もう我慢できない。あの中身はいったい何なのだろう。

おとっつぁんもその箱に「堪忍、堪忍」と言っていた。おっかさんも人目を忍んで「堪忍してね」と呟いていた。あの箱には何が隠れているのだ。

自分の寝間に戻り、震える手で何とか行灯に火を入れると、お駒は押入から堪忍箱を取り出した。風呂敷をといた。白い木蓮の花が見えた。蓋をとろうとした。

——もし、おしゅうの言うとおりだったら？

鎌《かま》で斬《き》りつけられたように、その思いが心を切り裂いた。

——もし、この箱におっかさんが何か恐ろしいものを隠したのだとしたら？

おっかさんだけじゃない。おじいちゃんも。おじいちゃんのおとっつぁんも。近江屋の者たちは、代々長い年月にわたって、開けてはいけないこの堪忍箱を受け渡し受け継ぎながら、そこにどんな怨念《おんねん》を封じ込めてきたのだろう。

おつたの座敷ではまだおしゅうが泣きわめいている。火は消えたらしい。

お駒は堪忍箱を畳に置いた。そこから視線をはずすことなく、片手を伸ばして行灯の縁をつかんだ。

——開けやしません。

心の中でそう誓い、お駒はゆっくりと行灯を倒した。燃え広がる炎を見つめながら、堪忍箱を膝の上にのせた。

堪忍、堪忍してね。

かどわかし

その子供は、のっけからこう言った。

「おじさん、おいらをかどわかしちゃくれないかい？」

夕暮れ時である。箕吉《みのきち》は土間のすぐ外に七輪を出して目刺しを焼いていた。うちわを使いながら流れる煙を目で追っているうちに、今ごろはおしまも飯の支度にかかっているだろう、しゃきしゃき立ち働いているだろうか、姑《しゅうとめ》に叱《しか》られていやしまいかなどと、いつの間にかぼんやり物思いにふけってしまっていた。それだから、子供の言っていることが、すぐにはぴんとこなかった。

さっきから、見慣れない顔の子供が近くをうろうろしていると、そのことには気づいていた。箕吉はここに住み着いて長いから、その子がこの長屋の子供でも、長屋の子のところに遊びにきた子供でもないことは、顔を見るだけですぐにわかった。だいいち、ここの子供にしては身なりが良すぎる。継ぎのあたっていない着物を着て、真新しい下駄《げた》を履いているのだ。

箕吉の住まいはこの棟割《むねわり》長屋の一番北の端にあり、すぐ横手に井戸がある。子供はその井戸端にいて、井戸の縁に手をかけて中をのぞき込むようなふりをしたり、井桁《いげた》のまわりをぐるぐる回ってみたり、釣瓶《つるべ》を引っ張る仕草《しぐさ》をしたり、いろいろやりながら始終ちらちらと横目で箕吉をうかがっていた。

どの家でも夕飯の支度の時刻だから、井戸端には誰もいない。そこここの軒先で、

「まだ遊んでるのかい！　いい加減で帰っておいで！」

と、子供を叱りつけたり、

「おかえり、今日はなんだか蒸し暑いようだったね」

と、帰ってきた亭主を迎えたりするかみさん連中の声がはじけている。子供の声もかみさんの声もしないのは、箕吉の住まいだけである。

頭のなかでおしまのことを思いながらも、見知らぬ子供がそばでうろちょろしていることを、まったく気にしていなかったわけではない。井戸端で遊ぶのは危ないし、陽はもうすっかり西に傾き、空のかなたにわずかに茜色《あかねいろ》の線が一筋、明るく輝いているだけである。じきに暗くなる、早くうちへ帰んなと声をかけてやろうかなどと、うっすら考えていた。それにしてもどこの子供だろう――

と、その子が不意にとことこ近づいてきて、小さな膝《ひざ》に両手をあててかがみこみ、箕吉の顔をのぞきこんで、言ったのだ。おいらをかどわかしちゃくれねえか？

顔をあげ、それでなくても煙のせいでしばしばする眼を、箕吉はさらにまたたいた。子供は大真面目《おおまじめ》な顔をしている。

「あん?」と、箕吉は声をあげた。「なんだって?」

「だからさ、おいらをかどわかしておくれって言ってるんだよ」

思わず、箕吉のうちわをあおぐ手が止まった。煙が濃くなって咳《せ》き込んだ。急いでまた手を動かしながら、ごほんごほんと笑って、子供を追い払うように顎《あご》をしゃくった。

「おじさんには、なぞなぞなんかをしてる暇はねえんだ」

「なぞなぞじゃないよ」

「うちへ帰りな。そら、もう烏《からす》もないてる」

「どこで?」と、子供は膝に手をあてたまま横着そうに空を仰いだ。「どこにも烏なんかいないよ」

面倒な子供である。

「烏の話じゃねえよ、おめえがうちに帰るしおどきだって話だ。おめえ、どこに住んでる子だ?」

子供はそれには答えず、さらに箕吉の方ににじり寄ってきた。

「おじさんは、畳屋の箕吉おじさんだよね」

今度は少し本気になって、箕吉はしげしげと子供の顔を見つめた。ふと、以前にどこかでこの子を見た覚えがあるような気がしてきた。どこで見かけたろう？

「そうだよ、おじさんは箕吉だ。おめえはどこの誰だい？」

「おいら、浜町の辰美屋《たつみや》の小一郎」

「浜町の辰美屋？　料理屋の辰美屋さんかい？」

「そうだよ。おじさん、この前うちに畳替えにきたろう？」

子供の言うとおりである。三日ほど前、確かに浜町の辰美屋で仕事をした。辰美屋は名の知れた料理屋で、特に冬場のあんこう鍋《なべ》が有名だ。身代も大きく、お店《たな》と家屋敷、家作のすべてをあわせたら三千両をくだるまいと、親方が話していたことがある。

「おめえは辰美屋の坊《ぼっ》ちゃんなのかい？」

子供はうんとうなずいた。「おじさん、おいらの顔を覚えてないかい？　おいらはちゃんと覚えてるんだけどな。おじさんの仕事を、ずっと見てたから」

そういえば、畳替えをしているあいだ、小さな子供の姿が見え隠れしていたような気がする。この子があのときの子供なのだとしたら、さっきこの顔をどこかで見た覚えがあるように思ったのも、間違いではなかったことになる。

もう一度子供をながめまわしてみた。小さく整ったつるつるした顔で、ほっぺたがほんのりと赤い。手足もきれいだ。長屋の子供たちのように、爪《つめ》の先に泥が詰まっていたりはしない。育ちがいいという証《あかし》である。

名前までは知らないし、今までまともに顔をあわせたこともなかったが、辰美屋に子供がいるということは聞いていた。確かひとり息子のはずである。あととりの総領息子だ。

箕吉は急いで立ち上がり、七輪の脇《わき》を回って子供のそばに寄った。子供は膝から手を離し、箕吉の顔を仰いでいたが、彼が再びしゃがみこみ、子供と目の高さをあわせると、くりくりした目でまっすぐに見つめ返してきた。

「辰美屋さんの小一郎坊ちゃん？」

「うん、そうだってば」

「坊ちゃんが、あっしに何の御用です？」

思わず言葉が丁寧になったのは、辰美屋が箕吉の親方にとって大切な客であるからだ。その店の筋のいい料理屋は、客を通す座敷については、年に一度、必ず畳替えをする。内証《ないしょう》の具合によって、総替えだったり表替えだけだったりいろいろだが、どちらにしても畳屋にとっては大事なお得意だ。しかも、箕吉の雇い主である上之橋《かみのはし》の畳屋猪吾郎《いごろう》親方は、辰美屋とは先代から付き合いがあり、とりわけ丁重に扱っている。箕吉としても、相手がその辰美屋の子供だとなれば、いいかげんな扱いはできなかった。

「坊ちゃんひとりで来なすったんで？」

「うん」

「御用の向きはなんでしょう」

「だからさ」と、子供は小粒な歯をのぞかせて笑顔になった。「さっきから言ってるよ、おいらをかどわかしてほしいんだ」

「かどわかすってえと……うちまで送ってほしいんですかい?」

道に迷ってひとりで帰れなくなったのか。

「ちがうよ。おじさん、知らないの?」子供は焦《じ》れたように足をとんとん踏んだ。「かどわかすんだよ。さらうんだよ」

いや、箕吉だって「かどわかす」がどんな意味合いの言葉なのか知っている。知っているが、この子の方がその言葉を何かほかのものと取り違えているのではないかと思ったのだ。

「あっしが?」と、箕吉は自分の鼻の頭を指した。

「うん」

「坊ちゃんを?」と、子供を指す。

「そうだよ」

「かどわかす、と。だっこするとかおんぶするとかじゃなくて」

「うん、かどわかすんだ。そいで、おとっつぁんからお金をもらってほしいんだ」

「金を――」

「百両。百両出さなかったら、おいらをうちに返さねえぞって言ってやっておくんなよ」

箕吉はあんぐり口を開いた。子供はけろりとしている。その小ぎれいな顔を見ているうちに、箕吉は急にかっとなった。こいつは何かとんでもないおこわにかけられている、と思った。

子供の首筋に、黒い紐《ひも》がかかっているのが見えた。箕吉は不意に手を伸ばし、子供の襟首《えりくび》をねじあげるようにしてその紐をつかんだ。思った通り、先に迷子札がくっついている。紐をたぐって札をつかむと、食いつくようにしてにらみつけた。

「浜町　辰美屋　小一郎

父　金二郎　母すえ」

迷子札にはそう書いてある。達筆だった。

「ね、わかったろ？　おいら辰美屋の小一郎だよ。うちは金持ちだから、百両ぐらい、すぐに出してくれるよ。おじさん、おいらをかどわかしてくれるだろ？」

箕吉はへなへなと腰を抜かした。こりゃ本当に辰美屋の子だ。悪い冗談でも誰かにたばかられてるんでもねえ。

どうしよう？

へたりこんだ箕吉の頭を、小一郎が心配そうに撫《な》でさする。

「おじさん、どうしたの？　しっかりしておくれよ」

　ふたりのうしろでは、目刺しが盛大に煙をあげて焦《こ》げまくっている。

　とるものもとりあえず、箕吉は小一郎を抱きかかえ、家のなかに連れて入った。小一郎はあがりかまちにちょこんと腰掛け、足をぶらぶらさせながら、

「ここがおじさんのうちなの」と、呑気《のんき》な声を出している。

「いいですか、坊ちゃん」

　何も悪いことをしているわけでもないのに、箕吉は息をはあはああえがせていた。出入口の油障子に背中をぴったりくっつけて、冷や汗を流しながら。

「坊ちゃんは遊びのおつもりらしいが、かどわかしなんてのは大変なことなんですよ。もしもあっしと坊ちゃんがこんな話をしていることを誰かに聞きつけられたら、あっしはすぐにひっくくられて打ち首獄門《ごくもん》です」

「誰かに聞かれたかなあ」

「今んところはまだのようです」

「なら、いいじゃない。今のうちにおじさんとおいらとで策を練って、うちから百両とっちまおうよ」

「さ、さ、策を練る？」

箕吉は目が回りそうになってきた。

「坊ちゃん、おいくつです？」

「十二になったよ」

「あっしは四十八です。坊ちゃんは、あっしよりよっぽどおつむりがよくできていなさるんだろう。策を練るなんざ、あんた」

いや、この「あんた」は単なる合いの手であって、小一郎を指して呼んだわけではない。

「何をいったいどうひっくりかえしたら坊ちゃんのような考えが出てくるんだろう」

「おいら、昨日今日考え始めたわけじゃないからね」

額の冷や汗をぬぐうと、箕吉はおっかなびっくり小一郎に近寄っていった。並んで腰かけようかと思ったが、考え直して小一郎の前に膝を折って座り込んだ。

「坊ちゃん――」

頭のなかがぐるぐるしてしまって、何から言い出したらいいかもわからない。干上《ひあ》がった喉《のど》に湿りをくれて、一生懸命愛想《あいそ》笑いを浮かべてみせた。

「これからいっしょにおうちに帰りましょう」

「いやだ」と、小一郎はあっさり退けた。

「お願いですよ。かどわかしなんていう物騒な話を、いたずらにだってしちゃいけません。さっきも言ったでしょう、こんな話が余所《よそ》にもれたら、あっしはおしまいだ。坊ちゃんがひとりであっしなんかの住まいに来ているということだけだっておかしいんだ。岡っ引きにでも見咎《みとが》められたら、どんな疑いをかけられるかしれません」

「そう、そんなにまずいことなんだ」

「ええ、ええ」箕吉はぶるぶると首をたてに振った。

「そんなら、おいらが大きな声を出したらまずいよね？」

「ええ、ええ――え？」

小一郎は子供らしくない含みのある笑い方をした。「たった今、おいらと手を組んでかどわかしをやらかして父さんから百両せしめるって約束してくれなかったら、おいら、叫ぶよ」

あーんと口を開けて悲鳴をあげるふりをした。

「このおじちゃんにかどわかされたぁ、誰か助けておくれよ！　そう叫んじまうよ。それでもいいの？」

箕吉は、魂とか肝っ玉とか分別《ふんべつ》とかいうようなものが冷たい水に変わり、爪先《つまさき》からさらさらと足元の地面に流れ出てゆくのを感じた。あとに残った箕吉の身体《からだ》は空っぽのうろのようで、そこをひゅうひゅうと風が吹き抜けてゆく――と思ったら、それは自分の息が口からもれる音だった。顎《あご》が下がりっぱなしになってしまって口が閉じないのだ。

　自分の言葉の効き目のほどを見届けて、小一郎はにこりと笑った。

「おいら、おじさんを困らせたくないんだよ」

　はあというような声を、かろうじて箕吉は絞り出した。

「それにこれは、おじさんにとっても悪い話じゃないはずなんだ。百両ぶんどったら、半分をおじさんに分けてあげるよ。そしたら、もう何も心配いらないじゃないか。いつかそう言ってたろ？　おいら、ちゃんと聞いてたんだ」

「……いつかって？」

「うちに畳替えに来たときさ」

　しびれたようになってしまっている頭を無理矢理働かせて、箕吉は必死に考えた。辰美屋の畳替えのとき――誰かとそんな話をしたろうか。

「黄金《こがね》があれば、この先病気になっても、いつか死んだときでも、おしまに迷惑かけないで済む、黄金を溜《た》めておかないとなって」

　そこまで聞いて、ようよう箕吉も思い出してきた。そういえば、佐山の鉄五郎とそんな話をしたような覚えがある。

　商家や武家屋敷の畳替えというものは、たいていの場合年末に行われるものだ。新しい畳で新年を迎えるためである。しかし辰美屋の場合はそうはいかなかった。売り物が、真冬が旬のあんこう鍋だから、毎年師走《しわす》は晦日《みそか》まで店を開け、新年も三日の夕からお客を入れるからである。

そこで毎年、梅雨入り前の今頃の時期に畳替えを行うことになっている。じめじめとうっとうしい季節、足元の悪いところをわざわざやってきてくれるお客を、せめて青畳の匂《にお》いで迎えようという気配りも働いているらしい。請け負う畳屋の方も、ほかとの約束のたてこんでいない時期だから、せかせか仕事をしないで済むという利点があり、これは結構なしきたりだった。

しかし今年の辰美屋は、客用の座敷だけでなく、家人の住まいから奉公人たちの暮らす離れの畳まで、いっせいの総替えを頼んできた。しかも、店を閉められるのは一晩きりだから、どうでも丸一日で全部仕上げてくれという。この注文には、さすがに箕吉の親方のところだけでは応じきれず、商売仲間の佐山という畳屋に助っ人《すけと》を頼んだ。そこの職人頭の鉄五郎は、箕吉とは歳《とし》も近く、若いころからの知り合いである。久々に顔を合わせたので、仕事の合間に一服つけながら、昼時に弁当をつかいながら、ずいぶんと四方山話《よもやま》を楽しんだ。その折に、おしまを嫁に出してほっとしたことから始めて、愚痴めいたことをこぼしたのだ。

「そうそう……そんなようなことを言いましたよ」

「だろ?」小一郎は得意そうな、それでいてちょっとほっとしたような口調になった。

「だからさ、黄金《こがね》ならうちにいっぱいあるからさ」

気を張りつめていた箕吉も、さすがにちょっと吹き出した。「坊《ぼっ》ちゃんのおっしゃる黄金《こがね》とあっしの小金《こがね》はとんと意味が違う。五十両なんざ……あっしには使い道を考えることさえできない額ですよ」

「五十両要らないの？」

「どうやって使いましょうね。死んだとき、金無《きんむ》垢《く》の棺桶《かんおけ》でもあつらえてもらいますか」

ちょっと前の箕吉ならば、おしまの嫁入り道具を買うという使い道があった。長年ちくちくと畳に針を入れて溜めた金では、新しい小袖《こそで》を一枚、つくって持たせるのが精一杯だったのだ。おしまの嫁入り先は箕吉の親方の親戚《しんせき》筋で、内証は裕福だし、先方もこちらが貧乏所帯なのは承知の上、それでもと望まれて嫁いだ。だから嫁入り道具を揃《そろ》えることも、婚礼の手配も、みんな向こう様がしてくれた。だが、それでももう少し気張ったものを持たせて出してやりたかったというのが、父親としての箕吉の本音である。

俺は甲斐性《かいしょう》のない親父《おやじ》だ――

さかんにこぼす箕吉に、鉄五郎は十年前に亡《な》くなった箕吉の女房の名前を持ち出して、かみさんが病みついたときには箕吉さん、目の玉が飛び出るほど高価《たか》い朝鮮人参を買って呑《の》ませてやってたじゃないか、あのときに、あんたあらかたの蓄えを吐き出しちまったんだよ、忘れたかいと、声を励まして慰めてくれた。そういえばそんなこともあったと、箕吉はうなずいた。そして、この先自分が病みついたりしたとき、もう他家の嫁になってしまったおしまに余計な気を遣わせることはできない、せめてそういう迷惑だけはかけずに済むように、小金を溜めておかないとなと、口にしたりもしたのだった。

しかし、大人同士のそんな話の切れ端を覚えているなんて、ずいぶんとませた子供である。箕吉はあらためて小一郎の小さな顔をながめた。そしてふと、もっと先に思いついておくべきだった疑問を抱いた。この子は残りの五十両を何に使うのだろう、そもそもなんでそんな大金が欲しいのだろうか。

「坊ちゃんは、お金を持って何をするんです?」

「おいら、それを持ってお品のところに行くんだ」

「お品?」女の名前である。「どなたですか、それは」

「赤ん坊の時からおいらを育ててくれたんだ。去年の暮れに、お品の父さんが身体を悪くしたからってお店を下がっちまったんだけど」

辰美屋に住み込んでいた女中か、坊やの乳母を務めていた女なのだろう。

「そのお品さんは今どこにいなさるんです?」

「実家《さと》に帰ってるんだ。板橋宿の先だっていうんだけど、板橋って、ここから遠いの?」

「遠くはねえけれど、ここよりはずっと田舎ですよ」

「お品の実家はとっても貧乏なんだ。よくおいらに言ってたもの。白いご飯なんか食べたことがなかったって。あわやひえばっかりだったって。だからおいら、黄金を持っていってやって、お品といっしょに暮らすんだ。大きくなったら、お品のかわりにたんぼをつくってやるんだ。馬にも乗るんだ。お品は言ってたよ、おいらぐらいのとき、馬に乗ったり、馬にすきをつけて畑をたがやしたもんだって」

子供の顔を見上げて、箕吉はにっこりほほえんだ。「坊ちゃんは、お品さんが恋しくていなさるんだね」

繁盛《はんじょう》な商人《あきんど》の家では、そこの子供が、いつも忙しい母親よりも、身近で世話をやいてくれる乳母や女中の方になついてしまうというのは珍しいことではない。辰美屋のおかみのおすえも、商いに熱心な分、子供とは疎遠《そえん》になりがちなのかもしれなかった。

「うん。おいら、ずっとお品のところに行きたかった」と、小一郎はいじらしいほどまっすぐに答えた。「だけど、お品の家は貧乏なんだから、おいら、ただ居候《いそうろう》しにいくわけにはいかないだろ？　どうにかして黄金を持っていかなくっちゃ。だって口がひとつ増えちまうんだからね」

商人の子供だけあって、こういうところには聡《さと》いのだ。箕吉は次第に感心してきた。

「坊ちゃんは、そのことをお父さんやお母さんに話しましたか」

小一郎は目をまん丸にした。「言うわけないじゃないか。行かせてくれるわけないよ。母さんはお品が嫌いだったんだ」

ほほう。どうして嫌いだったのか、箕吉はあれこれ想像したが、口には出さずにおいた。

「それで、言葉は悪いが、なんとかしておうちから黄金をくすねる算段をしていたんですな？」

「うん、そうなんだ」

「それにしたって、どうやってかどわかしなんてことを思いついたんです？　だいいちね、子供をかどわかして、返してほしかったら金を寄越せなんて、そんな話は聞いたことがありませんよ」

「かどわかしって、そういうことじゃないの？」

「子供や若い娘さんをかどわかす悪いやつらは、さらった人を売り飛ばしちまうんです。そうすりゃ、すぐに金になるでしょう？　親元に金を寄越せなんて言ってやったって、じゃあその金をどうやって取りにいくんですか？　のこのこ出かけて行ったところを捕まったら、何もかもご破算ですよ」

小一郎はくるりと黒目を動かした。それは考えてもみなかったという風情《ふぜい》だ。小ねずみや小うさぎを思わせるような可愛《かわい》らしい表情だった。

「ふうん……かどわかすって、さらって売り飛ばしちゃうことだったのか」

「そうですとも。坊ちゃんは何か勘違いをなすったんです」

「父さんのところに、お金を借りにくる人がいるんだ」小一郎はぽつりと言った。「そう言う人は、たくさん借りるときには、なんか大切なものを持ってきて、その人が借りたお金を返したら、父さんはその大切なものを返してあげるの。おいら、おいらもそういうものになれないかと思ったんだけど」

「それはね、借金と、借金のかたというものです。生きている人間は、借金のかたにはなれません」

説いて聞かせながら箕吉は、ほう辰美屋のご主人は内緒で金貸しもしていなさるのかと思った。黄金貸しか小金貸しか、どっちか知らないが。

「そんなことないよ」と、小一郎は口をとがらした。「父さんは、人間をかたにしてお金を貸してるよ」

「どういうふうにです?」

「うちの板さんたちとかに」

「そりゃ、奉公人の前借りでしょう」

「それとは別にだよ。困ってるようだと、お金を貸してやってるよ。給金から返してもらうんだって。板さんたちが、人に頼まれて借りにくることもあるよ。おいら、こっそり見て知ってるんだもの」

箕吉は困った。小一郎の言葉をそのとおりに受け取るならば、辰美屋の旦那《だんな》は奉公人に対してえらくあこぎなことをしていることになる。彼らから利子をとったり、彼らを使って新しい借り手を連れてこさせたりしているということになるのだから。

　おかみさんはこれをご存じなのだろうか。知っていて黙っているとは思いたくない。

料理屋のようなところでは、ほかの商家に輪をかけて、おかみの力が絶大に強い。旦那はほとんどお飾りだ。そしておすえは、躾《しつけ》には厳しいが、奉公人をもののように扱う人ではないと、箕吉は考えていた。

　だいたい商家で、奉公人たちの居室にきちんと畳が敷いてあるということはきわめて珍しいのだ。彼らの暮らす棟は、家人たちの屋敷や店に比べるとずっと安普請《やすぶしん》で、すきま風はひどいし、畳をあげればすぐに地面が見えるような造りだが、それだって上等のうちだ。普通はよくて板張り、ひどいところでは、住み込みの女中たちを土間にござを敷いて寝起きさせているような家もあるのだから。

　これらの計らいは、みんなおすえがしていることだと、親方から聞いたことがある。同じ人の頭に立ち人を使う立場の者として、親方はおすえに一目も二目も置いているのだった。

　小一郎がじいっと箕吉の顔を見つめている。箕吉ははっと我にかえった。急いで言った。

「とにかく、人間は借金のかたにはならないんですよ。さあ、勘違いとわかりました。かどわかしのまねをしても、おうちから黄金はぶんどれませんよ」と、笑ってみせた。

「どうしましょうね。おいらを売り飛ばしてくれなんて、あっしに頼まないでくださいよ。あっしは坊ちゃんみたいな子供を売り飛ばす先の見当もつかないし、そんなつてもないからね」

小一郎はしゅんとしおれた。箕吉がふと、この子のせがんだとおりにしてやれるなら

してやりたいもんだと思ったほどに、すっかり気落ちしている様子だった。

「おうちへ帰りましょう」と、箕吉は言った。「あっしが浜町まで送ってさしあげます。

ひとりで遊びに出て遠っ走りをして、大川を越えたら道がわからなくなっちまった。迷

子になっている坊ちゃんを、たまたまあっしが見つけたと、これでどうです。これなら、

坊ちゃんもあっしも、あんまり叱《しか》られずに済むでしょう」

子供の手を引いて、陽の落ちた町を歩いてゆく道々、少しは小一郎の元気が出るよう

に、彼の大好きなお品のことをいろいろ尋ねてみた。小一郎はお品の歌ってくれた歌を

歌い、彼女が手先が器用で、よく折り紙を折って見せてくれたと話した。

辰美屋では、果たして大騒ぎが起こっていた。暗くなってもひとり息子が帰ってこな

い、どこにいるかもわからないというのでは当たり前の話だ。覚悟は決めていた箕吉も、

さっきつくりあげた話が通るかどうか、始終肝の冷える思いだった。小一郎はすぐに、

箕吉の腕からひったくられるようにして奥へと連れ去られ、箕吉はひとり、辰美屋一家

の住まいの北側、台所のすぐ脇《わき》の小さな座敷で、ここの一番番頭と女中頭を相手に、な

い知恵をしぼってこしらえた作り話をし続けて、心底骨が折れた。

それでも、箕吉が親方のもと、ずっと辰美屋出入りの畳職人であったこと、ごく最近も辰美屋に入り、真面目《まじめ》に仕事していたことなどが功を奏して、どうにかこうにか事はおさまった。箕吉はほっとした。辰美屋の誰も礼の言葉を述べてはくれなかったけれど、それでもいっこう、かまわない。早くおさらばしたいものだと腰を浮かせかけたとき、ちょっと座をはずしていた女中頭が、先よりきつい目をして戻ってきて、おかみさんがあんたに会いたいとおっしゃっていると言った。

箕吉はぎょっとした。会いたくねえと思ったが、しかしそれを言っても始まらない。女中頭のあとにくっついて、びくびくしながら奥へと通った。

女中頭は、辰美屋の料理屋の棟の方へと進んで行く。住まいと廊下でひと続きになっているのだ。何年も畳替えに来ているので、箕吉もだいたいの部屋割りは見当がつく。滑らかに磨き込まれた廊下を歩いてゆくと、客の入っている座敷の方から遠く人声が響き、三味線《しゃみせん》の音と共に、箕吉が聞きかじりで覚えた新内《しんない》の節回しも、時折こぼれるように聞こえてきた。どこかの座敷に太夫が呼ばれているのだろう。今夜も辰美屋は繁盛しているようだった。

とっつきの小部屋につくと、お入りという女の声を受けて、女中頭が唐紙を開けた。帳場格子《ちょうばごうし》のある小さな座敷で、格子の内側に女が座っていた。尖《とが》った顎《あご》に白い顔、きりりと髷《まげ》を結った、おかみのおすえであった。

女中頭を下げさせると、おすえは箕吉を格子の向かいに座らせた。箕吉がもごもご挨拶《あいさつ》をすると、

「話は聞きました」と、おすえは切り口上で始めた。「とんだ迷惑をかけてすみませんでしたね。箕吉さん、迷子の小一郎を見つけてくれたのがあんたで助かりましたよ」

きびきびしたおすえの口調が、「迷子の」というところで、ことさらにゆっくりと間延びした。箕吉は背骨が縮む思いだった。何か悟られているらしい。

おすえは右手に筆を持ち、大福帳《だいふくちょう》に何か書き込んでいるところだったようだ。机の上には大きなそろばんも載っている。その玉がどんな数をさしているかななどと考えて、箕吉はなんとか気持ちを静めようと思ったが、どうにももじもじして足先が落ち着かなかった。

ちょっとのあいだ、おすえは無言で箕吉を見据えていた。箕吉はかしこまっていた。帳場格子にはさんだろうそく立ての上で、ろうそくがじじ、じじと煙をあげる音だけが聞こえる。

突然、おすえはかたりと音を立てて右手の筆を置いた。

「本当のところを言ってくださいよ、箕吉さん」

「へえ？」

「あの子、迷子になったんじゃないんでしょう？　家を飛び出そうとか、そんなことを

やろうとしてたんでしょう?」

　箕吉はそうっと目をあげて、おすえの顔をうかがった。彼女は赤い下くちびるを噛《か》みしめて、腹痛《はらいた》を我慢しているような顔をしていた。

「あの子、あんたを頼って行ったんじゃないの?」と、おすえは言った。低い声だった。

「心配しなくていいんですよ。先にもあったことなんだから。寺子屋の先生にね、お金を貸してくれって、いきなり頼みこんだんです。いつかきっと働いて返すからって。なんで金が要るんだって訊《き》いたら、遠くへ行くからだって」

「そりゃ、いつのことでございましょう?」

「春先だったかしら。そのちょっと前には、なんのあてもなしに町中をぐるぐる歩いているところをうちのお得意さんに見つけられて、あわてて連れ戻されるなんてこともあったし」

　くたびれたように、おすえは片肘《かたひじ》をついて額を支えた。

「どうやらあの子、うちから出ていきたいらしいんですよ」

　たまらなくなって、箕吉は言った。「小一郎坊《ぼっ》ちゃんは家を出たいんじゃなくて、ただお品さんの実家に行きたいだけですよ」

　おすえは鋭く顔をあげた。「お品?」

「へえ」

母さんはお品を嫌っていたと、小一郎は言っていた。こりゃ、まずかったか。

しかしおすえは、それ以上は鋭い顔にならなかった。むしろにわかに弱気になったように、目尻《めじり》の線が力を失ってしまった。

「ああ、そうなの。やっぱりお品ですか」

「こちらの女中さんだった娘でしょう。坊ちゃんはなついておられたようですね」

おすえはぐったりうなずいた。「あたしが忙しいので、小一郎のことはほとんど全部お品がやってましたからね」

「お品さんは、代替わりでお店をやめたんですか」

「ええ、うちでは長かったんだけど――なにしろ小一郎が生まれてすぐからでしたからね。でも、実家の父親がすっかり足腰が弱ってしまって、面倒を見る女手が要りようになったってことでね。引き留めるわけにもいかないでしょう。よく働く娘だったから、あたしも残念だったんだけど」

「いくつぐらいの娘です？」

おすえは遠いものを数えるように目を細めた。「うちに来たときが――十六、七だったかしらね。だから、やめたときはもう三十近い年増《としま》でしたよ。どうして？」

「いえ」と、箕吉は言葉を濁《にご》した。お品という娘は、小一郎にとって母であり姉であり友達であった。お品自身、小一郎を育てることで大人に育っていったのだ。それを考えていた。

「どうも、小一郎坊ちゃんはお品さんに会いたくてしょうがないようです」

「だけど、どうしようもないでしょう」

「実家は板橋宿の方だと聞きました」

「そうよ。連れていけっていうの?」

おすえは辛《から》い声を出した。

「そんな暇はありませんよ。だいいち、母親のあたしがここにいるっていうのに」

「あいすみません……」

箕吉が身を縮めると、おすえもまた首をうなだれた。ろうそくだけがじじ、じじと呟《つぶや》く。

ややあって、おすえが小さく訊いた。「箕吉さん、お子さんは?」

「娘がおります。つい先日、やっと片づきましたが」

「そりゃおめでとう。あんたには長いこと世話になっているのに、なんのお祝いもしないで悪かったね」

「滅相もないことでございます」

「おかみさんは、もうずいぶん前に亡《な》くなったわよね?」

「へえ、十年になります」

「男手ひとつで娘さんを育て上げて、たいへんだったでしょう」

そう言って、おすえは呼気で机を撫《な》でるように長い長いため息をついた。

「親って、難しいもんですよ」

「はあ、そうでしょうか」

「小一郎は一人息子だけど、実はあれの上にひとり子供がいましてね」

初耳である。

「生まれて半年足らずで死んだの。男の子でした。あたしは自分も商人の子で、商人の子がどんなに寂しいかよく知ってるもんだから、どれだけ商《あきな》いが忙しかろうが、この子は自分の手だけで育てるって、頑張ったんですよ。だけど結局、手が回りきらなくて死なせてしまった」

突然の話に、箕吉は静かに黙っていることしかできなかった。しかし言われてみれば思い当たる節はあった。小一郎というのは、普通は次男につける名前であるからだ。

「だから小一郎のときは」おすえはまたため息をついた。「人手に頼ることにしたんですよ。そしたら今度は、子供は育ったけど余所《よそ》の子になってしまった」

「余所の子ってことはないでしょう。小一郎坊ちゃんは、おかみさんを嫌ってるわけじゃない。ただお品さんを恋しがってるだけです」

「同じことですよ。このへんが、男親と女親の違うところでしょうね」

おすえは寂しく笑った。

「今のお店のなかに、坊ちゃんと仲良しになれそうな奉公人はいませんか」

「さあ……どうかしら。大人ばかりのなかで育って物怖《ものお》じしないから、誰とでも遊んだり口をきいたりしているようだけど」

「仲良しができれば、お品さんのことをだんだんに忘れていくんじゃねえでしょうか。坊ちゃんは男の子だから、これからは男の奉公人の方が親しくなれるかもしれねえ」

そう言ってから、箕吉は小一郎の父親の存在を忘れていたことに気がついた。あわてて言った。「いちばんいいのは、旦那《だんな》さまですが」

おすえは首を振った。「あの人は駄目よ。子供が好きじゃないんです。自分のことにばっかりかまけてるしね」

金貸しという内職もあるしなあ。

「板場の新吉とか、手代の正次郎とか、あのへんとはよく話をしてるようだから」と、おすえは呟いた。「少し小一郎の相手をしてくれるように頼んでみようかしら」

「それがいいかもしれません」

「そうね……いろいろありがとう」

おすえは引き出しを開け、いくばくかの金を包んで箕吉に差し出した。彼は辞退したが、おすえがどうしても引き下がらなかったので、受け取ることになってしまった。

手触りからも少なくない額だとわかったけれど、家に帰って包みを開けてみると、小粒や小銭、あわせて一両が入っていた。箕吉は驚くと同時に、ちょっと笑った。これが本当の小金だな……。

その後の箕吉は、小一郎がどうしているか気にしながらも、とりわけ消息を聞くこともなく、辰美屋に近づくこともないままに、日々を淡々と過ごしていった。梅雨が始まり、陰気な雨が降り続く。朝、仕事にかかって畳針を手にすると、それがしっとりと濡《ぬ》れているように感じられる季節である。

そうして、かどわかしごっこの一件から半月ほど経《た》ったある日のことである。梅雨の合間のわずかな晴れ間に、少しは湿気の抜ける思いで仕事場で弁当をつかっている昼下がり、箕吉はいきなり近くの自身番に引っ張っていかれた。辰美屋の小一郎がかどわかされ、すぐに千両都合しないと子供の命はないという投げ文が、店の窓越しに投げ込まれたというのである。

「あっしじゃありませんて」

汗みどろになりながら、唾《つば》を飛ばして箕吉は必死に説明した。心配してついてきてくれた親方は、ことの成り行きに太い眉毛《まゆげ》をあげたりさげたり、ただもう面食らってしまっている。

箕吉をひっくくった土地の岡っ引きも、彼のうしろにでんと控えている定町廻《じょうまちまわ》りの同心も、箕吉と小一郎のあいだにあったかどわかしごっこの話を詳しく知っていた。それで箕吉に疑いがかかったというわけなのだ。

しかし箕吉は、小一郎とのあいだのことを誰にも話した覚えはない。母親のおすえにさえも黙っていたのだ。

「旦那がたは、どこからこの話を聞き込んでいらしたんです？」

岡っ引きが同心の横顔をうかがってから答えた。「辰美屋の奉公人たちはみんな知っていたよ」

「じゃ、小一郎坊ちゃんが話しなすったんだ。全部じゃねえ、誰かひとりにね。そこからみんなに広がったんでしょう」

箕吉はてめえでてめえの頭をぶちたい気分だった。おすえに向かって、誰か奉公人を説いて小一郎坊ちゃんと仲良しにさせた方がいいと言ったのは彼である。仲良しになれば、気質の素直な小一郎のことだ、箕吉との顚末《てんまつ》を、さして重大なことだとは思わずに、その仲良しに打ち明けることだって考えられなかったわけじゃない。

そうして泡をくっているうちに、内側から頭をぶたれたようにして気がついた。思い出したのだ。初めて小一郎から「かどわかし」の一件を打ち明けられたとき、自分がどれだけ驚いたかということを。子供をさらって売り飛ばすのじゃなしに、親を脅して金をとる。ははあそういう手もあったのかと、本当にびっくりした。

箕吉だからびっくりしただけで済んだのだ。話を聞いた相手がもし――もしも腹に一《いち》物《もつ》あったとしたら？　こりゃあいい手を教えてもらったといわんばかりに、飛びついてしまうのじゃなかろうか？

――坊ちゃんをさらった奴《やつ》は、坊ちゃんから話を聞いたお店の連中のなかにいる。

箕吉は確信した。思ったとたんにまた冷や汗がだらだらと出てきた。ここは言い様を間違えちゃいけない。下手をしたら命取りになる。番屋にとめられて、拷問《ごうもん》のあげくにやってもいないことを白状させられて伝馬《てんま》町送りだ。落ち着け、落ち着いて考えるんだ。

「――旦那、教えてくだせえ。小一郎坊ちゃんは、いついなくなったんです？」

今度も岡っ引きが答えた。「昨日の日暮れごろから姿が見えねえ」

「外へ出掛けて帰ってこないんで？」

岡っ引きは同心の顔をちらちらうかがう。すると同心がおもむろに答えた。

「それが妙なんだ。家のなかから姿を消して、それっきりなんだよ。夜中じゅう大騒動で探したが行方が知れねえ。今朝になって投げ文が来たという具合だ」

先の一件以来、おすえは気を尖《とが》らせて、小一郎が勝手に外へ出ないよう、出入りをしっかりと監視させていたのだという。手習いさえも休ませていた。小一郎は、ひとりでは庭へも下りられないはずだった。

「家のなかから消えた――」

そのときに、箕吉は虎口《ここう》から逃れる道を見つけた気がした。

「旦那、やったのはお店の誰かです」

息せき切って、自分の考えを話し始めた。小一郎から聞いた、ご主人の内緒の金貸しの話も、残らず遠慮抜きでぶちまけた。

「あっしは畳職人です」と、箕吉は胸を張った。「辰美屋の畳も、何度も替えてます。だからあの家のことならよくわかる。奉公人たちが寝起きしてる座敷を調べておくんなさい。あの座敷は、畳をあげると下はすぐに地べただ。下手人はきっと、小一郎坊ちゃんをあの棟の座敷のどこかに誘い込んで、縛り上げて声を出せないようにして、畳をあげて床下に隠したんです。騒ぎが始まると、床下から庭を通って運び出したんでしょう。どさくさにまぎれりゃ、難しいことじゃない。ひととおり家のなかを探したあとは、みんな外のほうばっかり探し回る。誰ももう一度家のなかに目を向けたりしませんからね。そんなことができるのは、家のなかにいる奉公人だけです。むろん、外にも仲間がいるんでしょうが。おおかた、借金がらみでしょう。早く見つけないと、小一郎坊ちゃんは殺されちまいます！」

しばしの後、岡っ引きの疑いの眼より、箕吉の冷や汗の量と唾の飛沫《しぶき》の勢いの方に軍配があがった。定町廻りの同心は、ゆらりと立ち上がった。

辰美屋の小一郎が、深川六万坪の先、水路が変わって使われなくなったまま打ち捨てられた水車小屋で、がんじがらめに縛り上げられ、腹を減らしてへとへとになっているところを助け出されたのは、それから二刻《とき》（四時間）ばかり後のことである。箕吉が疑われているとばかり思いこみ、油断していた辰美屋の板場の新吉が、うかうかと仲間とつなぎを取りに外に出て、その場で取り押さえられた挙げ句の結末であった。

しかし、まだ続きがある。

かどわかしの一味は捕らえられ、彼らが事をたくらんだ事情も理由も、ほとんど箕吉が考えたとおりだったとわかった。そのために、火の粉は辰美屋の方へも降りかかることになった。もぐりの金貸しは重罪なのである。御詮議《ごせんぎ》の結果、辰美屋の主人は遠島、身代は取り上げられることになった。女房の尻《しり》に敷かれていることへの憂《う》さ晴らしの内職は、小金は稼いだかもしれないが、結果としてはひどく高いものについたことになる。

辰美屋はつぶれた。奉公人たちも離散した。

出来事の始終を、箕吉はおろおろしながら見守っていた。ようやく安心できたのは、おすえと小一郎のふたりが、親子水入らずで新しい住まいに落ち着いたと、噂《うわさ》に聞いたときである。おすえは思いの外さばさばした様子で、しっかり働いて、また飯屋を始めるのだと意気込んでいるという。元来、へこたれることの少ない女なのだろう。

それでも箕吉は、まだ小一郎に会うことができないでいる。当分は無理だろう。箕吉は小一郎の命を助けたが、そのために彼の家を奪い、父親を取り上げることになってしまった。小一郎がそれについてどう思っているか、おすえがどんなふうに話して聞かせているか、箕吉には考えてみてもわからない。

近ごろの箕吉は、娘のおしまのことを案じる合間に、小一郎のことを考える。そうして、お品が上手《じょうず》だったという折り紙を、時どき折ってみたりする。もういくつも鶴《つる》を折った。この年が終わるころには、きっと千羽になるだろう。

敵《かたき》持《も》ち

　思いあまって用心棒を頼もうと決めるまでのあいだに、加助は三度刺し殺された。三度とも夢のなかでのことだったけれど、汗をびっしょりかいて飛び起きる寸前、傷口を押さえた手に感じられた血の感触は、とても夢とは思えないほどに生々しかった。食欲もないまま、食わないことにはしょうがねえと朝飯を詰め込んでいるあいだにも、箸《はし》を握る手のなかにその感触がよみがえり、ぶるっと震えがきたものだ。

　おこうは、もともと加助以上にひどくぶるっていたので、彼のこの決断に、一も二もなく飛びついて賛成した。となると、彼女にとっての問題は先立つもの、用心棒を雇うといったいどれぐらいの金がかかるかということだけになる。「誰を」雇うかということについては、もうとっくに決めていたからだ。同じ十間長屋の端に住む、小坂井又四郎である。

「小坂井の旦那《だんな》なら、きっと安く引き受けてくれるだろうよ」と、おこうは言った。

「瘦《や》せても枯れてもお侍なんだから、傘張りなんかしてるより、用心棒の方がやりがいがあるに決まってる。高いこと言いやしないよ」

「けど、あの旦那の腕前はどうだろう」

小坂井又四郎は久しく浪人をしている。加助とおこうのあいだにできた、一粒種のおもんは今年六つになるが、又四郎がこの長屋に引っ越してきたのは、彼女がまだむつきをあてているころのことだった。その当時から、彼は傘張りをしていたのである。もしも彼がかつては相当の遣い手であったにしても、いい加減その腕もなまっていそうなものだと思われた。年齢的にも、加助よりは若いが、それでも四十はこえているだろう。

「刀だって、とっくに売っぱらっちまってて、竹光《たけみつ》かもしれないぜ」

加助がもごもごと疑問を呈すると、おこうは荒れた手を激しく振って、

「そんなこと、どうでもいいんだよ」と言ってのけた。「用心棒ってのは、お侍で刀を持ってるってことに意味があるんだから。腕っぷしの強い素っ町人が薪《まき》ざっぽう持って立ってるよりも、腰抜けでもお侍が刀さして立ってる方が強く見えるんだ。そういうもんさ」

「だけど竹光じゃ……」

「抜かなきゃ、竹光だってこともわかりゃしないじゃないか」

加助としては、わかりゃしないで済む話とは思えない。亭主の身は守りたいが、そのかかりはなるべく安く済ませたいというおこうの言い分は、どこか大事な出発点が違っ

ているような気がしてならない。

「言いにくいなら、あたしが小坂井の旦那と話をつけてきてあげるよ。あの旦那は恐《こわ》い人じゃないよ。気安いよ」

小坂井又四郎が気安い人物であることなら、加助だってよく知っている。だからこそ気抜けするのだ。仕事へ出かけてゆく加助に、井戸端で下帯を洗濯しながら「おう、精が出るな」などと声をかけてくるような浪人では、用心棒と頼みにする気にはなりにくい。

「とにかく、あたしに任せなよ」

おこうはせかせかと言い切り、あんたは仕事に行きなと、背中を押すようにして送り出した。加助は、まだ湯気の温《ぬく》もりのこもっている弁当を腰につけて、とぼとぼと出かけてゆくより仕方がなかった。おこうと小坂井との交渉が、首尾よくまとまって欲しいのか潰《つぶ》れて欲しいのか、自分でもはっきりしないままに。

ところがその夜、加助がいつものように夜の四ツ（午後十時）の鐘を聞きながら店をしまい、お鈴に挨拶《あいさつ》をして扇屋の勝手口から外に出ると、痩せて貧弱な南天の木の陰に、小坂井又四郎がぬうっと立っていた。

加助は仰天して飛び退《の》いた。小坂井は、火を入れていない提灯《ちょうちん》を左手に、右手を口にあてて大あくびをしているところだったから、「ふぁ～助」というふうに呼びかけてきた。

「小坂井の旦那」

「加助、帰ろう」と、小坂井又四郎は言った。

「おぬしの女房に頼まれて迎えに来たのだ」

では、用心棒の話はまとまったのか。

「本当に、お頼みしてよろしいんですかい？」

「うむ。手当なら、もうもらった」小坂井は痩せて平たい胸を叩《たた》いてみせた。「そう高くはないが、わしには有り難い金だ」

だからちゃんと務めるぞという表情だった。

「ここで火を借りることはできんか」と、彼は扇屋の方を振り返った。「おこうに、おまえを待っているあいだは火を入れてはいかんと、きっと言いつかった。ろうそくもおぬしのかかりだからな。無駄遣いはいかんのだ」

おこうは、そんなところまで細かくケチるのである。

「火ならあっしが点《つ》けますよ」と、加助は言った。「旦那、あっしと一緒に帰るんですかい？」

「そうとも。それが望みだろう？」

子供の送り迎えじゃあるまいし、それでは意味がない。加助は溜息《ためいき》をついた。

「おこうはどういうふうに話したか知りませんが、あっしは命を狙《ねら》われてるんです」

小坂井は頭をぼりぼりとかいた。「ああ、そう聞いたぞ」

「旦那が一緒に歩いてくれたら、そりゃあ襲われることもねえだろうけど、でも、それじゃあこのあと一生そうしなくちゃならなくなる。あっしとしては、旦那にはこっそりとついてきてもらって、あっしが襲われたなら、そのとき駆けつけてきてもらいてえんです。で、襲ってきた野郎を斬《き》る――」

加助はちらりと、小坂井の顔と、彼が腰に帯びている柄の古ぼけた大刀を見比べた。小坂井はとぼけた顔をしたままだ。

「――ことまでしなくても、二度とあっしをつけ狙ったりしないように、こっぴどくこらしめてもらいてえんですよ」

「ははあ、そういうことか」と、小坂井は顎《あご》を撫《な》でた。夜目にも、無精《ぶしょう》ひげが浮いて見える。「それだと、おこうの言っていた話とは違ってくるぞ」

やっぱり。

「おこうはちゃんと話さなかったみたいですね」

「おぬしが客にからまれて、脅かされている。夜道を襲われるかもしれない。だから用心棒が欲しい。なに、長くても十日も旦那に夜道を送ってもらえば、相手も頭が冷えて諦《あきら》めるだろうからという話だった」

十日とは、おこうもまた安く見積もったものである。いったい、一日いくらの約束をしたのだろう。

「そんな易《やさ》しい話じゃねえんですよ」

小坂井は片手に提灯をぶらぶらさせながら、「ふうん」と呑気《のんき》な声を出した。

「とにかく、これで今夜はわしと一緒に帰ろう。偶然行き会ったようなふりをすればいい。そ今夜のところは無事だろう。で、道みち事情を話してくれんか」

仕方がない。歯の根も凍るような二月の夜風を嚙《か》みしめ、加助は語ることになった。

そもそもの事の始まりは、昨年の暮れに、扇屋の亭主徳兵衛《とくべえ》が中風《ちゅうぶう》で倒れて動けなくなったことだった。

扇屋は、新大橋の袂《たもと》、御籾蔵脇《おもみぐらわき》の深川元町にある居酒屋である。昼は飯も出す。徳兵衛と女房のお鈴のふたりで切り回し、そこそこ繁盛《はんじょう》している店だった。

板場は徳兵衛ひとりが受け持っていた。お鈴は今年三十五の大年増《おおどしま》だが、芸者あがりの仇《あだ》っぽい女で、客の取り持ちはいいけれど、大根一本切ったことがない。徳兵衛に倒れられては、その日のうちに店が立ち行かなくなった。

「それで、あっしにお鉢が回ってきたんです」

加助はもともとは、日本橋西河岸《にしかし》町の「ひさご屋」という飯屋の通いの板前である。子供のころにここの板場に雇われ、使い走りや掃除の仕事を振り出しにずっと鍛えられて一人前になった。魚河岸《うおがし》や青物市場の目と鼻の先にあり、飯屋にしては法外な間口二間に二階建ての構えを持つひさご屋は、通いの板前だけでも四人を雇っているという大所帯だ。店は大繁盛だし、身代も安定していて、加助は生涯、ここで通いの板前として働くことができればいいと思い決め、真面目《まじめ》に務めてきた。

このひさご屋の主人が、扇屋徳兵衛と古い知り合いだった。扇屋の窮状を知った彼は、放っておくわけにはいくまいと、せめて徳兵衛の病状がはっきりし、店を続けてゆくことができるかどうかの見定めがつくころまで、うちの板場からひとり人を貸そうかと、お鈴に持ちかけた。

「ははあ、それでおまえに白羽の矢が立ったというわけか」

北風に提灯をぶらぶらさせながら、小坂井が言った。ふたりは猿子橋を渡り、左に南六間堀町の町屋を、右手に井上河内守《かわちのかみ》の屋敷の塀を見ながら歩いていた。この先、富川町のところで右に折れて小名木《おなぎ》川端へ出るあたりまで、右手はずっと武家屋敷の塀ばかりが続いている。道幅は広いが、気味の悪い道中だ。後ろからわっと襲われて、冷たくごつい塀に押しつけられ、ぐいと合口《あいくち》で刺されたらそれでおしまいである。加助は、ときどき肩越しに後ろを振り返りながら先を急いだ。

「ひさご屋さんはあっしの恩人だし、助っ人《すけと》とは言え居酒屋一軒を任せるという仕事をあっしに振ってくれたんですから、最初は感謝してたんですよ」

それに深川元町なら、加助の住む柳原《やなぎわら》町三丁目の長屋から日本橋まで通う道の途中だ。

寒い冬のあいだ、通いの距離が短くなるのも、じじむさいようだが、今年四十五になる加助には有り難い話だった。喜んで承知して、年明けに松がとれた早々から、彼は扇屋に通うことになった。

「お鈴さんておかみさんは、ちっと気は強いけど、なんせ美人だし」と、加助はおこうの前では言えないことを言った。「事情が事情であっしを頼りにして大事にしてくれるしで、仕事はやりやすいし、最初の十日ばかりのあいだは、そりゃもう愉《たの》しかったんですけどね」

そこにとんでもない落とし穴があった。

「扇屋の常連のひとりに、勇吉っていう若い男がいるんです」

歳《とし》は二十五、六だろう。つるりと色白の男前で、話は巧《うま》いし酒は強い、金払いもいいとあって、扇屋にとっては上客のひとりだった。

「えらくきれいな手をしてるんで、堅気じゃねえだろうと、最初に会ったときからあっしはにらんでました。まあ、小博打《こばくち》でも打ちながらぶらぶらしてる遊び人でしょう」

この勇吉が、おかみのお鈴に目をつけて、岡惚《おかぼ》れをしていたらしい。

「お鈴さんに聞いてみた限りじゃ、何度か誘われたけど、自分は亭主持ちの身だし、あんな男は好きじゃないし、そりゃまあ上客だから愛想《あいそ》のひとつやふたつは言っても、隙《すき》を見せた覚えはないっていうんですけどね。向こうはすっかりのぼせ上がって、どうやら、その気になればすぐにでもお鈴さんをものにできるようなつもりでいたようなんですよ」

そこへ持ってきて、亭主の徳兵衛が倒れた。勇吉は、ここぞとばかりに舌なめずりをしながら扇屋に乗り込んできた——

「するとそこに、青ぶくれたようなおぬしの顔があったということか」と、笑いながら小坂井が言った。

「青ぶくれはひでえや」

ぴゅうっと唸《うな》るような北風に、加助は首を縮めた。彼は綿入れを着込んで襟巻を巻いているが、小坂井は袷《あわせ》の着物一枚だ。袖《そで》がぺらぺらとはためいている。寒くないのだろうかと見あげると、のっぽの古侍は、顔をそむけて大きなくさめを放った。

「それでその、勇吉がおぬしの敵《かたき》というわけか」鼻をぐしゅぐしゅいわせながら、小坂井は言った。「早い話、逆上した岡惚れ男につけ狙われているというわけなのだな」

「そうなんです」加助はしょんぼりとうなずいた。

道中のやっと半ばを過ぎた。もうすぐ富川町だ。しかしここは、左右と前方を武家屋敷の塀にはばまれて、いちばん怖い場所である。ここを通りたくないばっかりに、昨夜はわざと遠回りをして、北森下町の方から町屋のなかばかりを抜けて歩いてみたほどだ。

新月の夜、寒さのあまりとてもじっとしてはおられないというように、星ばかりがせわしくちかちかとまたたいている。加助は襟巻をまき直した。

「勇吉は、あからさまにおぬしを脅しているのだな？」と、小坂井が訊《き》いた。

「ええ。最初に扇屋で会ったのが一月の二十日ごろでしたかね。その日は、ぎろぎろとあっしを睨《にら》みつけながら酒をくらってるだけでしたけど、翌晩、あっしが帰るのを勝手口で待ちかまえていて、『命が惜しかったら、お鈴から手を引けよ、もう扇屋には足踏みするんじゃねえぞ、わかったか』なんて凄《すご》んでみせて、懐《ふところ》から刃物をちらちらさせたんです。あっしはただ、ひさご屋さんに頼まれて手伝いに来てるだけなんだって、一生懸命話したんですけどね。てんから聞こうとしなかった」

「脅しはそれきりか？」

「とんでもない。そのあと、はっきりとわかるように夜道を尾《つ》けてきたのが――そう、十回じゃきかねえな。で、一昨日《おとつい》の晩は――」

思い出すだけで腹が冷え背骨が凍る。

「この先の、深川西町のところで待ちかまえていて、家の隙間からさっと飛び出してきて、あっしを刺そうとしました」

以来、加助は、刺し殺される夢を見続けてきたというわけである。

小坂井は動じた様子も見せない。「うまくよけられたのか？」

「あっしだって必死ですもの」

「おぬしがよけたら、それ以上は追ってこなかったのかの？」

「うまい具合に、道の向こう側から夜回りが来たもんで。そうでなかったら、あっしはおだぶつでしたよ」

小坂井は、北風にあおられる提灯を手で押さえつつ、「それはよかったなあ」などと呟《つぶや》いている。

そうこうしているうちに、ふたりは新高橋《しんたかばし》の手前まで来た。ここを左に折れると深川西町である。

「昨夜《ゆうべ》はここを通れませんでした」

加助は、自分でもそれと気づかないうちに小坂井にすり寄りながら呟いた。

「そりゃあそうだろう。おぬし、ひさご屋の主人に事情を話して、扇屋から手を引かせてもらおうとは考えなかったのか？」

「そんなことをしちゃ、申し訳がたたねえ」

「律儀《りちぎ》だの」

「あっしが今、一人前に女房子供を養っていられるのも、ひさご屋さんのおかげなんですから」

「無駄とは思うが、お鈴に話して、勇吉を取りなしてもらうということはしなかったのか？」

「お鈴さんも勇吉を怖がってて、駄目なんです。お願いだから店を辞めないでくれって、あっしに泣いて頼むしさ」

「お鈴は自腹を切っておぬしに用心棒を雇おうとは言わなかったのか？」

「そんなこと、思いつきもしないでしょう。亭主の医者や薬にだって金がかかるし、あの人は女だし」

「おぬしの女房のおこうだって女だろう」

「旦那《だんな》は女房ってもんを持ったことがないいんですかい？　あったら、そんなことは言わないね」

　小坂井の前歴はまったくの謎《なぞ》である。加助たちの住む長屋の差配人は頑固者で、堅い請け人がない店子《たなこ》は入れない。その差配人のめがねにかなったのだから、小坂井もそうそうでたらめな人物ではないのだろうが、元は御家人だったのかどこぞの藩士だったのか、どういう事情で禄《ろく》を失ったのか、長屋の住人たちのあいだに、噂《うわさ》話のひとつとしてこぼれてこないのだ。

　風体だけを見ていると、生まれたときから浪人だったように思えてしまう小坂井の、昔の暮らしについてまともに尋ねたのは、これが初めてのことだ。加助も、さすがに気が咎《とが》めた。

「すいません、余計なことを言いました」

「なに、気にすることはない」小坂井はぶるんと胴震いをした。「しかし寒いな。おこうは一杯飲ませてくれぬかな」

「ようがすよ。あっしも飲みたい気分だ」

深川西町と、その先の菊川町四丁目の町屋を隔てる小道にさしかかり、右手の川を渡って吹き抜ける風に、ひときわ大きく提灯《ちょうちん》が揺れた。そのとき、小坂井が足を止めた。

「なんです?」

加助は気色《けしき》ばんだ。小坂井は、横着にも提灯をそのままかざして前方を指さした。

「誰か倒れておる」

加助は目をこらした。なるほど、小道の手前の町屋の戸口に、大きなたらいが立てかけてあるのだが、その陰に、人の頭のようなものが見えているのだ。

「旦那……」

動けなくなってしまった加助を後目《しりめ》に、小坂井はのしのしと歩んで、そちらに近づいた。提灯を片手にしたまま膝《ひざ》をつくと、倒れている人の首筋のあたりを探る。北風の冷たさに目に涙がにじんでくるのを感じながら、加助はそれを見守っていた。

「どうです?」

「死んでいるな」

小坂井が答えたそのとき、加助の背後ですっとんきょうな声が響いた。

「あ、人殺しだ、人殺し！」

加助はあわてて振り向いた。月もない夜の暗闇に、明かりと言えば小坂井の手のなかの提灯だけだ。しかも、一間と離れていない場所にいるその男は、手で顔を覆《おお》うようにしていた。振り向いた加助から後じさりするように後ろに跳ね飛ぶと、

「人殺し！」とわめきながら、一目散に逃げ出し、すぐに角を曲がって姿を消した。

「人殺し……なんかじゃねえよぉ」

追いかけて叫んでみたけれど、無駄なことであるようだった。

寒くて難儀だが、逃げるのもかえって妙だと小坂井に言われ、その場で亡骸《なきがら》の番をしていると、近所の連中は飛び出してくるわ、近くの木戸番の番人と土地の岡っ引きとが駆けつけてくるわで、騒ぎはすぐに大きくなった。聞けば、さっきの男が番屋に駆け込んだものであるらしい。

「まあ、当たり前であろうな」と、小坂井は懐手などして鷹揚《おうよう》に言った。亡骸を確かめて、その胸に古びた合口が突き刺さったままになっているのを見つけたときも、ほほう、やっぱりな、などと呟いただけで、けろりとしていた。頭のなかがひっくり返ってしまっている加助とは大違いである。

最初から罪人扱いというわけではなかったが、小坂井と加助はおとなしく番屋へと連

れて行かれた。二人を引っ立てる岡っ引きは、ひどく険しい顔をしていた。加助はしどろもどろになってしまったので、尋ねられたことには、小坂井が答えた。浪人者とは言え相手が武家なので、岡っ引きもしゃにむに突っ込んではこず、丁寧に話を聞き出してくれた。

「旦那をお頼みしていてよかった」と、加助は言った。小坂井はうなずくと、

「おぬしが今考えている以上に、よかったと思うぞ」と、謎のようなことを言った。

殺されていたのは、向島に住む島屋秋兵衛という素金貸《すがねか》しの老人だった。向島の者がこんな時刻に菊川町でうろうろしていたのは、ここに若い妾《めかけ》を囲っていたからで、彼女の元で宵を過ごしたあと、帰り道にこの難にあったものであるらしい。懐からは財布が抜かれ、腰につけていた銀の煙管《きせる》もなくなっていた。しかし、合口で胸をひと突きというのは、物盗《ものと》りとしてはひどく荒っぽい手口である。

そのあたりまでは、恐ろしい出来事だけれど、加助にとっては他人事《ひとごと》だった。事がおかしくなったのは、岡っ引きが、妙にあやふやな口調で、凶器に使われたその合口が、加助の持ち物じゃないかと訊いてきたときだ。

「あっしの？」

加助としては、唖然《あぜん》とするほかない。

「あっしは合口なんか持っちゃいませんよ」

「本当かい？」

この岡っ引きは、つい先年跡目をとって前の親分の縄張を引き継いだばかりの若者である。岡っ引きなど、加助には縁のない存在だが、この若親分に限っては、長屋の差配人のところに出入りしているのを、一、二度見かけたことがある。若親分の方も加助が誰だか承知しているらしく、

「ひさご屋は辞めたのかい？」などと訊いてきたりもした。

「合口なんざ、あっしには用のねえもんです。あっしには包丁だけあればいいんだから」

番人に所望して、図々《ずうずう》しいのか悠長なのか、茶などいれてもらって飲んでいた小坂井が、

「親分、誰がそんなことを言っているのか、当ててみようか」と言い出した。

若親分は小坂井に笑顔を向けた。「ほう、旦那にはわかりますかい？」

「見当はつく。扇屋のおかみのお鈴だろう」

加助は腰を抜かしそうになった。若親分の笑みが大きくなった。

「当たりですよ。あっしらが、あそこに通りかかっただけだという旦那と加助さんの言い分を確かめに、扇屋に出かけていったら、おかみの方から言い出したんです。殺しに使われた合口はどんな合口ですか。加助さんは、このところ合口を持ち歩いてますよ、ってね」

「そんな馬鹿《ばか》な話があるかい」加助はわめいて腰を浮かした。「お鈴さんがそんな嘘《うそ》を

言うわけがねえよ」

「しかしおめえさんは、勇吉とかいう、お鈴に岡惚《おかぼ》れしている客に脅されてたんだろう？　で、身を守るために合口を持ち歩くようになったんだって、お鈴は言ってるぜ」

小坂井が、口をぱくぱくさせている加助に向かって、

「おぬし、はめられたな」と言うと、がぶりと茶を飲んだ。「いや、正しく言うなら、危うくはめられるところだったのだ。わしを雇っておいて、本当によかったな」

とんと舐《な》められたもんだ、俺だってそれほど馬鹿じゃねえやと言いながら、若親分はがしがしと探索を進めた。事がはっきりするまで、加助は家にこもっていたのだが、若親分が訪ねてきて、苦笑しながら絵解きをしてくれるまで、事件から中四日しかかからなかったのだから大したものだ。

「お鈴と勇吉は、本当にできてたんだよ」と、若親分は言った。「勇吉は、殺された素金貸しの秋兵衛に、なんだかんだで五十両からの借金があった。大方、博打《ばくち》で負けたんだろう。それを帳消しにするために、お鈴と組んでひと芝居打ったってわけだ」

お鈴に岡惚れしているふりをして、勇吉が加助に因縁をつける。そうしておいて、秋兵衛が妾を訪ねてくる日を選び、帰り道に襲って刺し殺し、わざと合口を残しておく。あとはその亡骸を加助に発見させ、騒ぎになったところで、お鈴が出てきて「それは加

助さんの合口でございます。いつも身につけていました、なぜならば勇吉に脅されて――」と、しゃあしゃあと嘘をつくという次第だ。

むろん、亡骸を発見した加助たちに、「あ、人殺しだ」と叫び、御注進とばかりに番屋に駆け込んだ男も、勇吉とお鈴の一味である。若親分の調べたところでは、どうやら勇吉の博打仲間であるらしい。

この男の役目と言ったら、まずは、加助が秋兵衛の亡骸を見つけたとき、人殺しと騒ぎ立てて番屋に駆け込むこと。次には、あとでお上に調べられたら、「はい、あっしはあの加助って男があの人を刺すところを見ました」と、嘘八百を並べること。「懐を探って金をとるところも見ました」なんてことも言うつもりだったろう。図太い嘘吐《つ》きには、それほど難しい役割ではない。

だがしかし、加助にとっては運良く、お鈴と勇吉にとっては運悪く、この男の頭の中身は月夜の蟹《かに》の身のように痩《や》せていた。この筋立ては、加助がひとりきりで現場を通りかかり、ほかに証人がいないときに限って通用するものなのだということを考えず、加助が小坂井と連れ立っていたのに、ただただ素直に仕組んだとおりに騒ぎ立ててくれたおかげで、事件自体が妙ちくりんなものになり、隠すそばからボロが出たというわけだ。

「ああ、本当に小坂井の旦那をお頼みしておいてよかった」

心底から、加助はそう思った。

「旦那はこれを見抜いていたから、あの時あっしにそう言ったんだな」

ひたすら感動する加助に、負けじといいところを見せたくなったのだろう。若親分はふんと鼻を鳴らすと、

「たとえおめえがひとりでいたって、俺はこんな馬鹿な企てにはひっかからなかったよ。真面目《まじめ》な板前のおまえさんが、たとえ合口を持っていたって、どうしていきなり追い剥《は》ぎめいたことをやって秋兵衛を殺さなきゃならねえ？　理由がねえじゃねえか。勇吉は、てめえが借金で尻《しり》に火がついてたもんだから、人を見れば理由もなく金を欲しがってるように見えちまったんだ」

「ははあ……」

「それにおめえ、自分でも言ってたじゃねえか。あっしには合口なんか用はねえ、包丁があればいいって。板前はそういうもんだよな。慣れてる得物《えもの》をつかうわな。お鈴の阿呆《あほう》は、板前の亭主を持ちながら、そんなことなんかちっともわかっちゃいなかったのさ」

鼻息も荒く親分が帰っていったあと、加助はとっくりに五合ばかし酒を買って、小坂井のところまで提げていった。浪人は今日も傘張りに精を出していたが、嬉《うれ》しそうに笑ってとっくりを歓迎した。

「頭の切れる若親分がいてよかったの」と、いそいそと縁の欠けた茶碗《ちゃわん》を出してきながら言った。

「けど旦那は、もっと先《せん》からあのからくりに気づいていなすったでしょう?」

「ふん」と、小坂井はちょっと首をかしげて言った。「道みち、話を聞いていたときにな」

「どうしてです?」

「勇吉が、口先でおぬしを脅すばかりで、本気で襲ってはこなかったからだ」と、小坂井は言った。「先に深川西町で襲ってきたというときも、おぬしが逃げたら深追いはしなかったそうだな。つまりは格好だけだということだ。実際には、勇吉は、秋兵衛が妾のところにしけこむ夜を待っていたわけだから当然だが、しかし、あやつが本当に、いきなり刃物をちらつかせずには済まぬほど、お鈴に歪《ゆが》んだ岡惚れをしていたのなら、一月の半ばから今まで、一度もおぬしを傷つけずに放っておくということはあるまいよ。狂気に急《せ》かれて、すぐにも襲ってきたろうよ」

加助としては、唸《うな》るばかりだ。

「そういうもんですかね」

「そういうものだ」と、小坂井は何やら考えこむような顔つきでうなずいた。「わしはこれでも、乱心者《らんしんもの》についてはちょっと一家言持っている」

それから半月ほど後のことである。小坂井又四郎が、いきなり長屋から姿を消した。

一晩のうちにきれいに立ち去ってしまったのである。

加助もおこうも大いに驚いた。物堅い差配人は、噂話《うわさ》が大嫌いだし、店子《たなこ》の身の上について、ぺらぺらしゃべることもしない。それがわかっていながらも、差配のところに押しかけて、旦那《だんな》はどうしたと問いつめずにはおられなかった。

差配人は干し柿みたいなしわだらけの顔をさらに歪めてしばらく考えていたが、

「旦那も、あんたら夫婦にはよろしくと言っていなすったからな」と呟《つぶや》くと、他言無用をきっと念押しした上で話してくれた。

「実は、あの旦那は敵持《かたき》ちだ」

「かたきもち?」

「そうだ。ただの仇《あだ》討ちじゃないよ。そんなものは、とっくに御禁令が出ているからな。上意討ち——つまり、小坂井討つべしという殿様のご命令で、昔の同僚たちに追われていたのだ」

差配人は藩の名前は言わなかった。

「小坂井様は、八年前まで、ある藩の江戸藩邸で用人頭を務めておられた。偉いお人だったんだ。ところが、小坂井様があんまり頼りになるからだろう、奥方さまが何かというと小坂井、小坂井というもので、殿様が悋気《りんき》したんだな。有《あ》り体《てい》に言えば、小坂井様が奥方と密通してるんじゃないかと疑ったわけだ」

差配人は、腹立たしそうに、手にしていた煙管を振り回した。

「この殿様っていうのが、もともと気性にそういうところのあるお方でね。狂気の血というのかね。可愛《かわい》いとなったら呆《あき》れるほどに可愛がる、いったん憎いとなったらすぐに首をとるほどに憎いと、こういうわけだ。で、追っ手を向けられて、小坂井様はやむなく逃げた。奥方は実家に帰して、自分は脱藩して浪人したわけだな」

加助は、小坂井が（乱心者には一家言持っている）と言ったときの、あの茫洋《ぼうよう》とした目つきを思い出した。

「だけれども、藩のなかでも、殿様の狂気を案じている人たちは多くてな。特に跡継ぎの若様が、ああいう父親は早く隠居させて自分が跡目となるのがお家の安泰にも繋《つな》がると、ずいぶんと運動をしておられるそうなんだ。この若様と若様のご一党が、小坂井ほどの有能な者をあたら理由もない上意討ちにするわけにはいかないと、今までこっそりかばってこられた。殿様を隠居させるまでの辛抱だぞと、小坂井様にも約束してな。で、小坂井様も江戸を離れずに隠れ暮らしておられたわけだ」

「……そういうことでしたか」

「そうだ。ただ、今度のことで、小坂井様の名前が外へ出てしまった。町場での事件だから、心配はないだろうが、万が一ということがある。いくら若様がかばってくれていると言っても、今の殿様とその腰巾着《こしぎんちゃく》は、小坂井様を追いかけている。念のために隠れ場所はかえた方がよかろうということで、屋移りしたという次第だよ」

加助は黙ってうつむいた。自分は旦那に用心棒を頼んだおかげで助かったが、旦那にはずいぶんと迷惑をかけたことになってしまったのだ。

小坂井はあわてて発《た》ったので、長屋の部屋のなかは大方そのままになっていた。荷物などほとんどないが、内職で張った傘を、届けずに長屋に残していった。あとのことは差配が頼まれているということだったので、加助も手伝って、それを問屋まで運んで行くことになった。

差配と出かけようとしているところに、若い侍が訪ねてきた。いかにも勤番侍らしいもっさりとした風情《ふぜい》で、かすかに言葉になまりがあった。小声で、丁寧な口調で差配を呼びつけた。

しばらくのあいだ、差配はその侍と、頭を寄せてひそひそと話していた。その様子では、若侍は追っ手の側ではなく、小坂井をかばっている側に属しているらしかった。生真面目なその顔を見ているうちに、むらむらとこみあげてくるものがあって、加助は声をかけてしまった。

「小坂井様は、帰参がかないそうですか」

差配が怒った顔でにらみつけ、若侍は目をぱちぱちさせて加助を見た。が、ちょっと微笑して、

「きっと、間もなくそうなる」と返事をした。

「あの方は、我が藩にはなくてはならぬ方だ」

加助はほっと、気がゆるむのを感じた。

「そいつはよかった。折がありましたら、加助がうんと御礼申し上げていたとお伝えくだせえ。用心棒をお頼みして、あっしは本当に助かった」

「用心棒？」詳しい事情を知らないのか、若侍はきょとんとした。「ほう。小坂井様がな」

「そうですよ」

「さて、あの方は、剣術はからきし——」

言いかけて、若侍ははっと口をつぐんだ。真顔に戻して、「確かに申し伝えよう」と、角張った口調で言った。

話をしているうちに、雲に閉ざされていた冬空から、ぽつりぽつりと冷たい霙《みぞれ》が降りだした。差配が、若侍に傘を勧めた。

「小坂井様の傘か」

どこか懐《なつ》かしそうに呟いて、若侍はそれを広げた。霙がしとしとと落ちてきて、傘の上で丸い水の球になり、ほろほろと転がり落ちた。

十六夜《いざよい》髑髏《どくろ》

一

　ふきが小原屋に奉公にあがったのは、数えで十五の歳《とし》、桜の花の色の薄い、寂しい春のことだった。前の年の暮れに本所一帯を襲った火事で、ふた親と弟を一度に失った彼女のために、母方の伯父が世話をしてくれた働き口だった。

　小原屋は米屋である。深川は高橋《たかばし》に、四代前から店を構えている。伯父は、願ってもない奉公口だぞと言った。

　ところが、いざ中に入ってみると、先《せん》からそこにいるお里という住み込みの女中に、いきなり言われた。

「伯父さんて人は、うまいこと言って、あんたを厄介払いしたんだよ」

「厄介払い……」

「願ってもない奉公口どころか、このお店は傾きかかってるんだ。古くからの奉公人たちも、ぼろぼろやめていってるんだしね」

　言われてみれば、たしかに、お店のそこここに、妙に冷たい透き間風のようなものが吹いているような気がする。

「伯父さん、あんたを引き取ってくれるところなら、どこだってよかったんだよ」

お里は、包丁で大根を切るときのように、ずばりと言ってのけた。だが、ふきがうつむいてしまうと、勝ち気そうな目尻《めじり》を少し緩めて、姉さんのような口振りで言い添えた。

「あんたはまだまだ子供なんだね。だけど、これからはそれじゃ駄目だ。よおく覚えておおき。世間様の風には、東も南もないんだ。ぜんぶ北風なんだからね」

こんな次第で、十日もしないうちに、お里とは、ずいぶんと打ち解けて話をするようになった。昼は忙しさに追われているから、おしゃべりができるのは、北向きの窓もない女中部屋で、夜眠る前、ふたりで枕《まくら》を並べているときぐらいのものだったが、それでも心は慰められた。

疲れた身体《からだ》を寝床に横たえると、瞼《まぶた》はすぐにもくっつきそうになる。だが、眠ってしまえばまた朝がきて、その日の仕事が待ち構えている。だから、眠りに落ちる直前の、うっとりするような心地好《よ》さのなかにいるときが、ふきはいちばん楽しかった。

お里はふきよりもふたつ年上だったが、

「あたしなんか渡り奉公の身の上でさ、話すことなんかないからね」

そう言って、自分の身の上についてはほとんど語ろうとしなかった。そのかわり、ふきの暮らしのことは知りたがった。

「あんたんち、商いをしてたんだってね」

「煮売りの豆屋でした」

「繁盛《はんじょう》してたの」

「暮らしはかつかつでしたけど」

でも、楽しかった——という言葉を、ふきは途中で呑《の》みこんだ。お多福豆のひと粒ひと粒を、いとおしむように箸先《はしさき》で転がしながら、柔らかさや色艶《いろつや》をたしかめていた父の手付き、そのときの優しい顔が、不意に思い出されてきたからだ。

「焼けたんだってね」

薄い夜着に顔を埋めるようにして、ふきはこっくりとうなずいた。めそめそしていると思われたくない。

すると、お里が天井を向いたまま言った。

「あたしはおみちさんと違うから、あんたが泣きべそかいてたって怒りゃしないよ。泣きたきゃ泣きな」

おみちというのは小原屋の女中頭《がしら》である。石臼《いしうす》のように融通がきかず、飯炊釜《めしたきがま》のようなどっしりとした尻を持っている。奉公人たちへの躾《しつ》けは厳しく、目こぼしがなく、「おみちは背中に目がついている」と陰口をたたかれているほどだ。

「あのひとだって、背中にまで目はありゃしないのさ。ただ、彫りものがあるんじゃないのかね、小原屋の屋号のさ」

　そんなふうに言って、お里はふきを笑わせたことがあった。

「どっちみち、ここでの奉公はそう長く続きゃしないよ」

　仰向いたまま、かすかに笑いを含んだため息をもらして、お里が続けた。

「今の小原屋は、大風の日のかかしみたようなもんだから。いつ倒れるか、知れたもんじゃない。だけどさ、あんたもあたしも、とりあえずは行くところもないし、おまんまのあてもない。だからここで奉公するよりしょうがないよ」

　そう……あたしにはもう、ほかに生きてゆく場所はないんだ。ふきも、心ではそう思う。だが、それとは裏腹に、思い出されるのは、父や母や弟の顔。そして、彼らを奪っていった炎の色。あの夜の、焦《こ》げ臭い風の熱かったこと。どうして自分ひとりだけが助かったのか、今でもわからない。近所の人たちは、運がよかったのだというが、ふきにはそう思えない。生き残ったのではなく、ただ死に損なっただけなのではないかと思えてならない。そんな考え方は罰あたりだし、死んだ者への供養《くよう》にもならないのだが、どうしてもその思いをふりはらうことができないのだった。

　そんなふうにして、ひと月ほどたったある晩、寝る間際《まぎわ》になって、お里がこんなことを言い出した。

「あんたも、だいぶ奉公に慣れてきたようだけど……」

お里はちらとほほ笑み、その笑みをすぐ消して、またくちびるをひきしめた。

「いいかい、この先、ちょっとばかり気味の悪いことがあるかもしれない。だけど、もしそんなことがあっても、ここは我慢のしどころだよ」

「気味の悪いこと……?」

「そのうちわかるよ。聞きたくないって言っても、おみちさんに聞かされるだろうしね。だから、それまでは忘れてりゃいいよ」

それだけ言って、お里は黙ってしまった。やがて寝息が聞こえてきた。

だが、思わせぶりな言葉に、ふきのほうは寝そびれてしまった。おまけに、半刻《はんとき》ばかり、あれこれ考えながら横になっていると、はばかりに行きたくなってしまった。

蠟燭《ろうそく》も油も、無駄使いは厳に戒められている。だが、どうにも我慢がならないので、ふきは手探りで明かりをつけ、それを掌《て》でそうっと覆《おお》うように隠して、足音を忍ばせて廊下へ出た。

廊下の暗闇《くらやみ》は、濡《ぬ》れた着物のようにひんやりとふきの身体を包みこんだ。二間ばかり歩いて、すぐ左へ曲がる。つきあたりがはばかりだ。右手には、手水鉢《ちょうずばち》を置き手ぬぐいをつるした小さな中庭がある。

廊下を左に折れたとき、すぐ目の前で、はばかりの戸がすっと閉まるのが見えた。誰かがなかに入ってゆく。姿は見えなかったが、扉のなかに消えてゆく、真っ白な手の先と、着物の袖口《そでぐち》がかろうじて見えた。

誰だろう。

明かりを胸の高さに持ったまま、ふきはしばらく待った。だんだん気が急《せ》いて、辛《つら》くなってきたが、それでも我慢して待った。

はばかりの戸は閉じたままだ。

あれは誰だろうと、しきりに考えた。着物の柄までは見えなかった。ちらと手が見えただけ。しかも、困ったことに、米屋の手というのは、みんな白いのである。商いが肌にしみついてしまうからだ。

もう我慢できない、と思ってから、十数えた。それから、戸に近寄って、こぶしでそっと叩《たた》いた。

返事はない。

もう一度叩く。応《こた》える声は聞こえない。

思い切って手をのばし、ふきははばかりの戸を開けた。湿った汚臭が鼻をさした。

なかには、誰もいなかった。

手の中の明かりが、つつと揺らいだ。

不意に、落とし板の底の重たい暗がりのなかから、闇よりなお暗いものが立ちのぼってくるように思えた。それがふきの顔を触るほど近くまで来るように思えた。

ふきははばかりを飛び出した。走って廊下を戻り、曲がり角でもう一度、そっと首を突き出すようにしてうしろをうかがってみた。

とたんに、また真っ白なものが目に飛び込んできた。声は出なかったが、心の臓がきゃっといった。

手ぬぐいだった。

今度こそ、ふきは逃げ出した。部屋に飛び込むと、すがりつくようにしてお里を起こし、眠そうに目をしばしばさせている彼女に、一部始終を話して聞かせた。

「ふうん」

さして驚いた様子も見せずに、お里は言った。どうでもいいような顔をしていた。

「だからさ、言ったばっかりじゃないか。我慢のしどころだって」

「だけどあれはいったい――」

「それも言ったろ。そのうちわかる。みんなわかるようになるよ」

とりつくしまもなく、お里はまた寝てしまった。ふきはあわてて夜着をひっかぶった。

そのうちわかる――。

たしかに、おみちに追い使われ、忙しい日々をすごしているうちに、小原屋の内証が苦しいということのほうならば、ちらりちらりとではあるが、ふきの目にも見えてくるようになってきていた。ふきのつとめは、船の底の底にある櫂《かい》を漕《こ》ぐことで、上のほうのことはうかがうべくもないのだが、下の水がこれだけ冷たければ、上の水も温かいはずはなかろうと思われた。

一昨年の夏に、蔵に蓄えた商いものの米に、大量の虫がわいた——それがケチのつき始めだったという。何が悪かったのか、原因はわからず、あれこれと手をうってみても、さっぱり効き目がない。困《こう》じ果てて、とうとう大量の米を捨てる羽目になったという。

米屋にとっては、これは末代までもの恥だ。信用を落とし、打つ手打つ手を仕損じるようになり、商い先もひとつ減りふたつ減り、今や、武家の払い米を入札するために必要な、島札組の資格まで失ってしまいかねないところまできているのだと、丁稚《でっち》の小僧がわけ知り顔で教えてくれた。土間で芋を洗っていたふきのところへ、腹をすかしてやってきたついでに、そんなことをしゃべり散らしていったのである。

「こっそり教えてもらったんだけど」と、秘密めかして小僧は言った。

「蔵にわいた虫にね、顔がついてたんだってさ」

「顔？」ふきは芋を洗う手をとめた。「ひとの顔？」

「そうだよ。がいこつみたような顔がついてるように見えたんだって」

ふきははっとした。これが、お里の言っていたことだろうか。

「ねえ、いったい、このお店には何があるの？　今にわかる、今にわかるって、お里さんも教えてくれないの。あんたは知ってる?」

ふきは身を乗り出した。屈託のない食いしん坊顔をしていた小僧が、急に口ごもった。

「そうか、おねえちゃんはきたばっかりだからな」と、ぼそぼそと言った。「それ本当だよ。そのうちわかるからさ。そうだなあ……お月見のころにはね。それまで待ってなよ。誰にきいても、きっとそう言うよ」

そして、逃げるように走っていってしまった。ふきは取り残された。

(お月見のころ、か……)

なにがなんだか、さっぱりわからない。仲間外れにされたような気分だけが残った。

二

梅雨がすぎ、夏を越し、秋風がたち始める——季節の流れのなかを、小原屋という傾いた船は、傾いたなりに進んでいった。時折、普通では考えられない時刻に急な来客があったり、古参の番頭がげっそりとやつれた顔をしていたりすると、やはり風向きがよくないのだと思い知らされるが、ふきのようなはしためにとっては、それもその一時だけのことで済んでしまう。

日々の暮らし――とりわけ追い使われる身の忙しさは、目に見えないほど小さな塵《ちり》が降り積もり、そのうちに床を真っ白にしてしまうのと同じように、ふきの心の様々な想《おも》いに覆《おお》いをかけていった。家族を失った辛《つら》い思い出も、次第しだいに、そういう覆いの下になっていった。

小原屋に隠された薄気味悪い秘密のようなものについての興味も、また同じように、覆いの下になっていった。自分ではどうしようもないこと、不愉快なことについては、自然と考えなくなるのが人の常というものだし、はばかりでの出来事はあれ一度きりで、その後は、ふきを震え上がらせるようなことは何も起こらずに済んでいたから、なおさらだ。

それだから、文月《ふみづき》の中ごろのある日、井戸端でお里とふたり、汗を流しながら洗い物をしているとき、つるべをたぐる手をとめて、突然、お里が話しかけてきたときも、すぐには何のことだかわからなかった。

「おふきちゃん、あんた、おみちさんから何か聞かされなかった？」

「何かって、何を？」

少し考えて、あ、と思った。

そうか……もうすぐお月見なのだ。

（おみちさんが聞かせてくれるよ）

（お月見のころにはね）

「いいえ、まだ」ふきはお里を見上げた。「それが、いつか言ってた、『今にわかる、聞かされる』ってことなのね」

「そう。あたしのときもそうだったから」

「お月見の夜に、何があるの？」

たすきで縛り、袖《そで》をまくりあげて剝《む》き出したなめらかな二の腕を、秋の陽差しになまめかしく光らせて、はぐらかすように、お里は笑った。

「お月見はただのお月見だよ。あたしたちには、やたらと忙しいだけの夜さ」

お里の言ったとおり、やがてやってきた仲秋の名月に、ふきは、身体《からだ》がふたつ欲しいような忙しさを味わった。いつもの仕事のほかに、おみちを手伝って、いろいろと支度をしなければならないのだ。団子をつくり、枝豆だの栗《くり》だのを茹《ゆ》で、ふさわしい器に盛る。庭の掃除も念入りにしなくてはならない。

「今夜は、月見のお客がくるらしいよ。旦那《だんな》さんの知り合いだとか」

鼻の頭に汗の粒を浮かべ、お里が言った。

「だけど、しまいにはまたお金の算段の話になるんだろうけどね」

けっけっと、声をあげて、楽しくもなさそうに笑った。

「せめて今夜ぐらい、もめないでほしいもんだけど、さ」

幸い、その夜はよく晴れた。月は鏡のように明るく、まるで、神様が、夜を真ん丸に切り開き、そこから灯籠《とうろう》を傾けて下界を見おろしておられるかのようだった。

月見の客は、久しぶりの和やかさを、小原屋に運んできた。奉公人たちもたらふく御《ご》馳《ち》走《そう》を食べ、少しだが酒もふるまわれた。

ふきは忙しく御馳走の支度や給仕をつとめたあと、お里とふたりでおみちの部屋に呼ばれ、団子を食べ、満月の光の下で針に糸を通した。こうして裁縫の上達を願うのである。

おみちの部屋は、広さこそないものの、縁側も庭もあり、月もよく見えた。

庭の片隅に糸瓜《へちま》が植えてあり、支え木につるが巻きついて、人の背丈ほどにも伸びている。長い茎に傷がつけてあり、その下に器が据えてあるのが、月の光でよく見えた。

おみちが席をはずした隙に、お里が笑い顔を歪《ゆが》めてささやいた。

「おみちさん、あれで捨てたもんじゃない。糸瓜の汁をしぼってるんだね」

その意味は、ふきにもわかった。母が同じことをしていたからだ。十五夜の月の光の下でしぼった糸瓜の汁は、女の肌を美しくするのだ。

母は、これから大人になってゆくふきのために、それをしてくれていたのだ。切なくて、針を持つ手が震え出した。

あの火事の有様、家族の亡骸《なきがら》を見つけたときのことが、久しぶりに、まざまざと目の裏に蘇《よみがえ》った。楽しい宵だというのに、その楽しみが、それをもう分けあうことのできない人々を思い出させるのだ。

父母の身体はほとんど焼けてしまって、顔もしかとはわからなかったが、弟はそうではなかった。怪我《けが》や火傷《やけど》の具合がよく見えて、かえって酷なほどだった。どうしたのだろう。爪《つめ》のあいだに泥がいっぱい詰まっていた。熱かったのだろう。苦しかったのだろう。どうしたわけか、葬《ほうむ》る前に、なんとか爪をきれいにしてやりたかったのだが、どうしても駄目だった。

「例のおみちさんの話は、明日のことだよ」

急に、お里がそう言った。ふきは思い出から身体を引っ張り出すようにして、ようやく彼女の言葉に耳を向けた。お里は大真面目《おおまじめ》な顔をしていた。

「明日のこと」

「うん。知らないかい、十五夜の次の月のこと。十六夜月《いざよい》っていうんだよ」

「いざよいづき」

「そう。いざようってのは、ためらってから出てくるっていう意味なんだって。十五夜をすぎると、お月さんの出るのが、少しずつ遅くなるでしょう」

「お里さんは物知りね」

「あたしが先に奉公してた旦那は、俳句をひねる人でね。教えてもらったのさ」

お里はちらりと笑った。その笑みの色合いと、今の言葉のなかの「旦那」が「旦那さま」でなかったことに、ふきはふと生臭いものを感じた。

お里は、自分のことを、「渡り奉公の身の上で」と言っていたけれど、本当は、ただ女中だけをしていたのではないのかもしれない。


ふきが再びおみちの部屋に呼びつけられたのは、皆が寝静まった夜更《よふ》けのことだった。部屋を出るとき、お里は、（まあ行っておいで）とでもいうような気楽な顔で送ってくれたが、ふきはほほえみ返すことができなかった。

「お入り。そこへお座り」

いつもと変わりない口調で、おみちはぴしぴしと言い付けた。

「今夜は楽しかったかい」

にこりともせずに、おみちは切り出した。

「はい」

「そうかい。それならよかった」

やはり、ほほえみもしない。膝《ひざ》の上で手を握りしめている。

「これからあんたに、大事な話をしなくちゃならない」

おみちの声は低かった。語ろうとすることの重さで、頭が前かがみになっていた。

「明日の、十六夜月夜のことだ」と、おみちは続けた。ふきがうなずくと、

「知ってるんだね」と睨《にら》むような目をした。

「……少しだけ。お里さんが、おみちさんが話してくれると言いました」

「そう」おみちはほっと息をはいた。背中をしゃんとのばすと、顔をあげた。

「いいかい、この小原屋はね、十六夜月に祟《たた》られているんだ」

ふきは目を見開いた。すぐには、何も言えなかった。

「小原屋にとっては、十六夜月は仇《あだ》なんだよ。十六夜月の光が一筋でも、いいかい、ほんの一筋でも、このお店のなかにさしかけたら、旦那さまは死んでしまわれる。そういう祟りがかかっているんだ」

おみちは、「十六夜月」という言葉を、あたかもそれが、見境なしに飛びかかってきて人を喰い殺す化物の名前であるかのように口にした。

「だから明日は、宵のうちから雨戸を閉めて、まちがっても月の光が入らないようにするんだ。いいね。決して開けてはいけないよ。あたしのような身分のものが、こんないいお部屋をいただいているのも、雨戸を守るためなんだ」

おみちにぐいと詰め寄られ、ふきは大きくうなずいた。でも――

「どうして、そんな祟りがかかることになったんですか」

おみちは、これまでにこういうことを繰り返し繰り返ししてきて、こんなとき、「そ

んなことはどうでもいい、あんたは、言われたとおりにだけしていればいいんだ」とつっぱなしたところで無駄であることを、充分に承知しているのだろう。諦《あきら》めたようにため息を落とし、静かな声で話し始めた。

「初代の旦那さまだよ」と言う口調には、かすかな恨みがこもっていた。「この小原屋の身代《しんだい》を興《おこ》すために、人を殺《あや》めなすったそうだ」

ふきは息を呑《の》んだ。人殺しか。

「ずっと昔、この月の、十六夜月の夜に。幸い、それは表沙汰《おもてざた》にならずに済んだそうだけど……」

おみちはここで、喉《のど》にしめりをくれた。

「殺されたお人は叫んだそうだ。この恨みは必ずはらしてみせる、この裏切りを忘れるものか、小原屋にとりつき、いつかきっと、おまえも同じような目にあわせてやる――そう叫びながら死んでいったそうだ」

おふきは、はばかりで見かけた、あの真っ白な手を思い出した。小、小原屋に、と、とりついてやる。

「この月の、十六夜月を見上げてみろ、そこにきっと髑髏《どくろ》が見える。真っ白な月のなかに髑髏が浮かんで見える。それが祟りのしるしだ、忘れるな、と言ったそうだよ」

あの、真ん丸なお月様に。

「初代の旦那さまは、それを笑い飛ばされたそうだ。そして、わざと十六夜月を見上げてみたそうだ」

　おみちは大きな身体を震わせた。

「初代の旦那さまは、翌日、寝床のなかで亡くなっていたそうだ。枕《まくら》に頭をつけて、仰向けになって、両目を真ん丸に見開いて、両手で布団《ふとん》をわしづかみにして」

　ふきはぐっと目を閉じた。はばかりに消えていった、あの真っ白な手。あの手は——

「そういうことがあったから、二代目も三代目も、旦那さまがたは、それはそれは気をつけてこられた。床下に穴蔵をこさえて、十六夜月の夜にはそこへこもったり、雨戸を二重にしたり……」

　それほどまでの怯《おび》えぶりの裏側には、祟りのもととなった出来事に対する、根深いうしろめたさが見え隠れしている。ふきは、こみあがってきた疑問を喉の奥で押しつぶした。

　初代の旦那さまは、いったい誰を殺めなすったのですか。

「もちろん、代々の奉公人たちもみんな、重々気をつけてきた」と、おみちは続けた。

「だから、あたしたちもそうするんだよ。わかったね。あんただって、旦那さまは大事だろう？」

　膝でにじり寄られ、顔を突き出されて、ふきは身をすくめながら、「はい」と答えた。あたりまえだ。念押しされるまでもなく、お店の奉公人として、旦那さまの身にもしものことがあってはたいへんだと思う気持ちに変わりはない。

だが――おみちの刺すようなまなざしをまともに受けたとき、その目の色をのぞいて、唐突に思い出したことがあった。

ひと月ほど前のことだったろうか。夜、どうにも喉が渇いてしまって、台所で水を飲んでいたときのことだ。背後で足音がするので振り返ると、旦那さまが立っていた。

「私にも、水を一杯くれないかね」

湯飲みを取りにいこうとするふきを止め、杓《しゃく》のままでいいと言った。そして、実に美《お》味《い》しそうに飲み干した。

旦那さまは、小柄だが、品のいい顔だちの、商家のあるじにふさわしい風情《ふぜい》の人だ。死んだおとっつぁんだったら、さしずめ、「仕立てのいい旦那だねえ」と言ったことだろう。そんなおかたが、自分で台所へやって来て、子供のように水を立ち飲みしている。

疲れたようなお顔だった。ひょっとすると、気まずいことがあって座をはずしたかったのかもしれないと、ふきは気をまわした。

ふきにとっては、旦那さまもお内儀《かみ》さんも、雲の上の人である。奉公にあがったときご挨拶《あいさつ》をしたきり、日ごろは顔などあわせない。おそばでお世話をすることなど、まったくといっていいほどない。ただ、そのとき、間近に旦那さまの顔を見て、思ったのだ。旦那さまの心痛のたねは、お店のことだけではないのじゃないか、と。

旦那さまは、ふきに杓を返すと、すぐに台所を出ていった。そのあと、まるで入れ代わりのように、おみちがやってきた。

「何をしてるんだい」

ひどくきつい口調で、叱《しか》りつけられた。ふきはあわてて頭をさげ、逃げ出した——あのときのことが、頭のなかを風が抜けるようにして蘇《よみがえ》ってきた。あのときの、おみちのきつい目つき。

いいいいいいいいいいいいい
あんただって、旦那さまは大事だろう?

「戒めは、必ず守ります」

ふきは答えた。急に、おみちから逃げ出したくなった。

三

寝苦しい夜が明けた。ふきには、いよいよというふうに思えた。

他の奉公人たちも、やはり気が張っているのか、いつもより口数が少ないように思えた。いや、本当ならしゃべりたいのだが、いつも以上に厳しいおみちの目が光っているので、ままならないのだ。

おみちときたら、昼の時分どきに、古参の番頭に「今夜は十六夜《いざよい》だな」と言われたときでさえ、「そうですね」とぶっきらぼうに言い返しただけだった。番頭も、それきり何も言わなかった。不味《まず》そうに箸《はし》を動かしながら、ちらちらとおみちの顔をうかがっていた。

何も変わったことはない。今日という日には、なんの特別な意味もない。小原屋が看板をかけて、そういう顔をつくっているように、ふきには思えた。

陽が落ちると、奉公人たちの無口の度合いは、ますます大きくなった。おみちの指示に従い、全員で、なにやら砦《とりで》でもつくるかのような顔つきで家じゅうの雨戸を締めきり、やっと、安堵《あんど》したような雰囲気が流れた。あとはもう眠るだけである。皆、部屋に追いたてられ、ふきも、お里と枕《まくら》を並べて夜着をかぶった。

しかし、さすがに、そうやすやすとは眠れない。前日に続いて雲ひとつない晴天の日だったから、さぞかし月も美しかろう。もしも雨戸を開ければ、月の光が、よく研がれた包丁の刃のように、すらりと差し込んでくるに違いない。それを思うと——

お里も同じような心持ちであるらしく、寝返りばかりうっている。が、声をかけてみると「祟《たた》りの話なんかはよそうよね。ほかのこと話そうよ」と言ってきた。そこでふと、四方山《よもやま》話にまぎれて、ふきはきいてみようと思った。

「ね、お里さん。へんな話だけど、あたし思ったことがあって」

「おみちさんと旦那《だんな》さまのこと――」

そこで言葉に悩んでいると、お里は切って放すように、

「嫌な話さ」とだけ言った。

「もう寝ようよ。くたびれた」

仕方なく、ふきも黙って目をつぶった。そのうちに、いつのまにか寝入ったのだろう。

夢を見た。

雨戸を閉めてあるのに、どういうわけか、あっちからもこっちからも月の光が差し込んでくる。ふきやお里やおみちが必死になって手を広げ、月の光をはばもうとするのだが、どうにもできない。旦那さまのお部屋まで、月の光はずんずんとさしてゆく。旦那さまが走って逃げる。逃げて逃げて逃げて、でもとうとう追いつかれ、月の光がするりとのびて、旦那さまの首がすぱりと切れる。ころころ転がる。月の光が拾い上げる。よく見ると、それはもう月の光ではなくて、夜のはばかりで見かけたあの真っ白な手だ。あの手が旦那さまの首を、髷《まげ》のもとどりをつかんでひっさらってゆく――

夢のなかで、ふきは大きな悲鳴をあげた。悲鳴はとまらなかった。とまるどころかどんどん大きくなってゆく。自分の声ではないようだ。まるで鐘の音のようだ。まるで、まるで――

半鐘のようだ。

「おふきちゃん、起きて！　火事だよ！」

ふきは寝床から跳ね起きた。お里が顔をひきつらせて叫んでいた。「ほら、あの打ちようをお聞き！」

本当だ。途切れのないめった打ちの早鐘だ。火元は近い。ごく近い。

ふきの膝《ひざ》から力が抜けた。冷たい汗が、首筋から背中へ、腿《もも》の裏側へと流れ落ちてゆく。ああ、とうとうきた。おとっつぁん、おっかさん、今度はあたしがとられる番だ。

「早く逃げなきゃ！」

お里が手早く身繕いし、押し入れに手をつっこんで身の回りの品を引っ張り出す。そこでやっと、ふきは我にかえった。

「駄目よ！」

膝にしがみついて止めようとすると、お里はふきを蹴飛《けと》ばそうとしてもがいた。

「なにが駄目なんだよ！　ぼやぼやしてたら焼け死んじまうじゃないか」

「戸を開けたら旦那さまが死んでしまう！」

「旦那なんかどうなったって知るもんか」お里は唾《つば》を飛ばして毒づいた。「死んじまったらおしまいだ。おどきよ、おどきったら！」

お里はふきの顔を平手で打った。倒れたふきをまたぐようにして廊下へ出てゆく。ふきはもがいて立ち上がり、お里を追った。

真っ暗な廊下に、足音や悲鳴が入り乱れている。

みんな逃げ出そうとしている。

半鐘はますます早くなる。ふきの心に悪夢が蘇《よみがえ》る。焼け爛《ただ》れていたおとっつぁんの顔。骨まで焼けていたおっかさんの腕。弟の血の気の失《う》せた顔。あの泥。あの臭《にお》い。

たったひとり生き残ったあたしを、とうとう火事が追いかけてきた。

目と鼻の先で、女の悲鳴があがった。どたばたともみあう気配がしたかと思うと、お里の身体《からだ》がぶつかってきた。ふきも一緒に壁にたたきつけられた。喚《わめ》き声が降ってきた。

「外に出すもんか。雨戸を開けさせるもんか!」

おみちだった。お里を突き飛ばしておいて、両手を広げて行く手をふさぎ、怒りで顔を歪《ゆが》めている。

「ちくしょう、そうはさせるかい」

もがくようにしてお里が立ち上がろうとしたそのとき、おみちのうしろのほうでがたんと大きな音が響き、あたりがさっと明るくなった。真っ赤な光だった。

「誰か外に出たんだ!」

お里の声より早く、喚くような声をあげて、おみちがそちらのほうへ突進していった。

足音、悲鳴、煙と焦《こ》げ臭い風。

心の堰《せき》が、それで切れた。

ふきは廊下を走った。庭が見える。雨戸が二、三枚、はずれて庭先に落ちている。庭の向こうの板塀のすぐ上まで、炎が猛《たけ》り狂って攻め寄せていた。火の粉がふきの頬をちくりと刺した。

庭先には、飛び出してきた小原屋の人々が、呆《ほう》けたように立ちすくんでいた。頭上で火事が燃え盛り、炎が吠えているというのに、誰もそちらを見ていなかった。

彼らが見ているのは、旦那さまだった。旦那さまの後ろ姿だった。

旦那さまは庭の真ん中に立ち、顔を仰向け、まっすぐ月を見つめていた。羽織袴《はかま》のいでたちで、足袋も履き物もきちんとはいている。半鐘は擦半鐘《すりばんしょう》にかわっていたが、それさえ耳に入っていないようだ。

旦那さまは十六夜月を見あげている。雲の影ひとつ落ちていない、抜けるように白い月。ふきがはばかりで見かけたあの手のように、底知れず白く輝く月を。

誰も、何も言わない。

旦那さまが、ゆっくりと振り向いた。

「これで、私は死ぬ」

月の光を総身に浴びて、旦那さまはそう言った。

「十六夜月を見あげれば、私は死ねるのだろ。生きていても、いたずらに小原屋を傾けるだけの私だ。それならいっそ、こうして死ぬことで、小原屋にかかった呪《のろ》いの雲をはらおう。その方がずっと、皆のためにもなるはずだ」

なあ、そうだろう――と、旦那さまは一同に顔を向けた。

皆は旦那さまと見つめあう。炎は燃え盛り、闇《やみ》を焦がし、目も開けられないほどの熱風が吹きつける。夜が燃えている。

突然、背後の家のなかで、大きな女の泣き声がはじけた。振り向くまでもなく、おみちだとわかった。

「旦那さま、わたしも――」

あとの言葉は、ごうごうと燃える炎の勝ちどきに掻《か》き消されて聞こえなくなった。

そういえばお内儀《かみ》さんはどこにいるんだろう――はっと周囲を見回したそのとき、恐ろしい牙《きば》を持つ生き物が躍りかかるように、あちらへ、こちらへと飛び移り燃え広がる炎のなかで、ふきは見た。

居並ぶ小原屋の人々の顔に、火の色が映っては陰る。映ってはまた陰る。炎と闇の描き出す、その模様を。その形を。

小原屋の人々の顔、顔、顔。そのひとつひとつが髑髏《どくろ》に見える。お里も、おみちも、番頭も丁稚《でっち》も誰も彼もが。

髑髏の群れを前にして、旦那さまはゆっくりとうなずいた。髑髏のひとつひとつにうなずきかけた。身体の脇《わき》に揃《そろ》えた腕が、羽織の袖《そで》からのぞいた手が、真っ赤な炎に照らされてなお、真っ白に光って見える。

突然目を開かれたかのように、ふきにはすべてがわかった。

十六夜月は小原屋に祟る。十六夜月の下で、初代に殺された人の恨みで。

この裏切りを忘れるものか。きっと同じ目にあわせてやる。

たぶん、そう間違いない。小原屋初代の当主は、あるじ殺しの罪を犯していたのだ。

突然、誰かが喚き声をあげて逃げ出し、そこでいっせいに列が崩れた。みんな口々に悲鳴をあげながら、雪崩《なだれ》をうって逃げだし、庭から走り出てゆく。

ふきは立ちすくんでいた。旦那さまはほほえんでいる。火の粉は舞い散り風に乗る。

見あげる月は中天。ただ真っ白に嘲笑《あざわら》う。

お墓の下まで

踏みしめる足元の枯落ち葉が、これから交わそうとしている内緒話を先取りするように、かさこそと音をたてる。右手の塀の向こう側、紀伊守《きいのかみ》さまのお屋敷の庭に立ち並ぶ、見あげるような銀杏《いちよう》の木々からの落とし物だ。ところどころにぎんなんも落ちていて、人の足に踏み砕かれたものか、特有の青臭い匂《にお》いも鼻につく。

もうぎんなんの熟するころだ。お父さんは、花木の眺めを損じると言って、やたらに葉の落ちる木は嫌うけれど、ぎんなんは大好きだ。今夜は肴《さかな》に煎《い》って出してあげようなどと考えながら、ゆきは足を早めた。

約束の甘酒売りの屋台の長腰掛けに、もう藤太郎は座っていた。小名木《おなぎ》川の方に顔を向けて、船の舳先《へさき》に砕ける白波を、ただぼんやりと見つめているようだ。

ゆきが隣に腰をおろすと、ほほえんで言った。

「お父さんに変わりはないかい」

「ええ。毎日庭の手入れをしてるわ」

「そうか。姉さんはどうしてる」

「元気だわ」

ゆきがせっかちに話を急ぐ様子を感じたのだろう。藤太郎は口をつぐんだ。屋台の親《おや》父《じ》が甘酒を置き、腰掛けから離れてゆくのを見計らって、ゆきは切り出した。

「兄さん、あたし、おっかさんに会ったの」

藤太郎が眼を見開いた。ゆきは一重だが、兄はきれいな二重瞼《ふたえまぶた》である。

お父さん、お母さんでなく、おとっつぁん、おっかさんと言えば何を意味する符丁であるか、藤太郎はちゃんとわかっていた。

「いつのことだ、ゆき」と、彼は訊《き》いた。

「一昨日《おとつい》」ゆきは言って、温かい甘酒の湯飲みを握りしめた。「お父さんのお遣いで出かけようとしたら、斜向《はすむ》かいの煙草《たばこ》屋のところに立ってるのが見えたの」

藤太郎は両手を膝《ひざ》にのせ、肩を丸めて身構えるような姿勢になった。

「じゃあ、偶然じゃないんだな」

「ええ」ゆきはうなずいた。「あたしが出てくるのを待ってたんだって言ったもの」

藤太郎が、針で突かれたかのようにびくりとした。

「おまえ、話をしたのかい？」

「したわ。ほかに仕様がないもの」

「どうしてもっと早くに知らせに来なかったんだ」

叱《しか》るような兄の口調に、ゆきは急に胸が痛くなって、しゃにむに兄に食ってかかった。

「だって、闇雲《やみくも》に知らせるわけにはいかないじゃありませんか」

「それはそうだけど……」

「それにあたしだって……どうしていいかわからなかった。だからそのときは、おっかさんに言ったの。話してる暇がありませんて。そしたらおっかさん、じゃあ明日、いっしょにお昼を食べよう、永代寺の門前町に、昼時、おいしいお弁当を出す店があるからって」

藤太郎は眉《まゆ》をひそめた。「行ったのか?」

「行きゃしません。あたしはお昼は、お父さんと食べるんですって言ったわ」

藤太郎が、ゆきの袖《そで》の上に手を置いた。

「そうかりかりするもんじゃない。私だって、いきなりおっかさんと顔をあわせたら、きっと何が何だかわからなくなるだろう」

ゆきは洟《はな》をすすり、目尻《めじり》を指でぬぐった。

「それで昨日、あらためて会ったの」

週に一度、ゆきは父親の痛風薬をもらいに、大和町の玄庵《げんあん》という町医者のところまで出かけることになっている。それにあわせて、亀久橋《かめひさ》のたもとで待ち合わせをしたのだった。

「近くのお蕎麦《そば》屋に入って話をしたの」

「玄庵先生のところじゃ、知り合いもいただろう。誰かに見られなかったかい？」

「とても混んでたし、よく気をつけたから、大丈夫だったと思う」

それに、ほかにどうしようもなかったと、ゆきは思う。おっかさんの言うままにどこかへ連れて行かれるのも、嘘《うそ》をついて外出時間をこしらえるのも嫌だった。それは市兵《いちべ》衛《え》に対し、とても不実なことであるように思えた。

今さら——ではあっても。

ふと見あげると、藤太郎はさっきと同じ姿勢のまま、小名木川の方に目をやっている。その口元が、何か小さく呟《つぶや》くように動いている。何を言っているのだろうとゆきが顔を寄せると、兄はぽつりと訊いた。

「ゆき、おまえ、おっかさんの名前を覚えているかい？」

ゆきは覚えていた。「お春よ」

「そうだな。俺も覚えていた。お春だったね」

藤太郎は、十三の歳《とし》にお店《たな》奉公を始めて以来、おかしいくらい几帳面《きちょうめん》に、自分のことを「私」と言うようになっていた。ゆきや姉のおのぶとふたりで話しているときにも、かたくなにそれを通すのだ。最初のうちはそれがおかしくておかしくて、藤太郎が藪入《やぶい》りなどで帰ってくるたびに、ゆきとおのぶと、台所でこっそりと互いの袖をとらえあって笑い転げていたりしたものだ。

だが今、兄は自分のことを「俺」と言った。ゆきにはそれが怖いように思えた。兄が昔に戻ろうとしている、それが証《あかし》のように感じられたから。

藤太郎はさらに訊いた。「おまえ、おっかさんの顔は、すぐにわかったのかい？」

わかったのだった。煙草屋の前におっかさんの白い顔を見つけたとき、瞬時も戸惑うことなく、ゆきにはそれが誰だかわかった。自分でも驚いた。

藤太郎は目を細めてゆきの顔を見た。「おまえは小さかったから、おっかさんの顔は覚えていないと思ったよ」

「でも、親の顔だもの」

兄妹は黙りこんだ。甘酒はとうに冷めてしまった。親父《おやじ》は屋台の向こう側で、紀伊守さまの塀にもたれて居眠りをしている。小名木川を行き交う船は忙しそうで、川を渡ってくる風にはかすかな材木の匂いがした。

「で、おっかさんは何と言っていた？」と、藤太郎が低く訊いた。

「決まっているじゃないの」ゆきは答えた。「あたしたちを迎えに来たのよ」

口に出してしまっても、ゆきの心は楽にはならなかった。重荷を半分、兄に分け与えて背負ってもらったのに、かえって重くなったような気がした。

「おっかさんは今、小網町で髪結いをしてるんですって」と、ゆきは言った。

「髪結いか……」藤太郎は呟いた。

「暮らしに不自由はないって。再縁はしなかったんですって。いろいろ苦労をして、今は人を使うくらいにまで忙しくなった。やっとおまえたちを引き取ることができる、十五年かかったけれど、約束を果たしに来たって――泣きながら、そう言ったわ」

それにしても十五年は長すぎると思いつつも、目の前でお春に泣かれて、ゆきは胸がふさがってしまい、顔をあげることもできなかった。勝手なものだ、こっちはとうに捨てられたものと思い決めていたというのにと思っても、それを口に出すことはできなかった。

兄さんはなんと思っているだろう……横目でそっと、藤太郎の表情をうかがってみた。兄はぼうとしているだけだった。

「一度、おっかさんに会わなくちゃならないな」と、ぽつりと言った。

足元を見つめたまま、ゆきは首筋を堅くしてうなずいた。それきり藤太郎が黙っているので、自分の方から恐る恐る訊いた。

「お父さんには――」

「それはまだだ」と、藤太郎はすぐに答えた。それから手を伸ばし、袂《たもと》に隠れているゆきの手を探り当てて、しっかりと握りしめた。

「まだだよ、おゆき」

ゆきも兄の手を握り返した。捨て子として市兵衛夫婦の手元に引き取られたころ――あのときの、子供ながらも荒れ果ててぎざぎざだった兄の手のひらと、今のすべすべとした手のひらと、何と違っていることだろう。

その違いが、市兵衛店で過ごしてきた十五年の歳月だ。

「おっかさんは、毎日お昼の九つの鐘のときに、煙草屋の前に立ってるって言ってた」

と、ゆきは言った。

「兄さんは奉公に出ているって言ったら、じゃあ兄さんの都合のいいときに、三人で会おうって。いつがいいかしら」

藤太郎は少し考えてから、「明後日《あさって》」と答えた。「お父さんには、くれぐれも内緒にな」

兄妹はそこで別れた。万年橋を渡る兄を見送ってから、ゆきは来た道を引き返し始めた。川風に枝を吹かれて、黄色い葉がほろほろと落ちてくる。そうだ忘れずにぎんなんを買おうと思ったとたん、涙が出てきた。

深川富川町の市兵衛店の差配人、市兵衛は、年がかわれば六十五歳になる。女房のお滝も同い年だが、彼女のほうは六十四歳を寿命に、ついこの九月に世を去った。卒中で、倒れてから二日ほど寝付いたまま、眠るように亡《な》くなったのだった。さすがはお滝さんだ、後生がいいことだと、店子《たなこ》たちや近所の人びとはささやきあったものだった。

市兵衛とお滝は、連れ添って四十年を迎えるところだった。ふたりのあいだに実子はない。水天宮さまを始め、思いつく限りの神仏に願をかけ、いいと勧められることならなんでもしてみたが、とうとう授からなかった。

年の順に、おのぶ、藤太郎、おゆきと連なる息子と娘たちは、三人ともなさぬ仲の養子である。それも、市兵衛が月番のときに迷子や捨て子として自身番に連れてこられたのを、「迷子は親が来るまで、捨て子はその子を欲しいという養い親が見つかるまで、町役人が面倒をみる」というならわしどおりに引き取り、そのまま貰《もら》い子にしたのだった。

長女のおのぶは、ひとりぼっちの迷子だった。藤太郎とおゆきは、兄妹そろって捨てられていた。当時、五人組のなかのほかの差配人たちは、市兵衛さんの月番のときだけ、手の掛かる迷子や捨て子が出るのはどうしたわけかと、口々に不思議がったものだ。

そういうとき、市兵衛夫婦は、子のない私ら夫婦のところへ、仏様が寄こして下さるんでしょうと答えていた。どこの馬の骨かわからない子供ばかり、よくまあそんなに親身になって育てられるものだと、驚いたり呆《あき》れたりする向きには、この子たちは仏様のお遣いだからと笑っていた。

年月を経て、その三人は立派に育ちあがった。おのぶは二十二になり、嫁に行って最初の子をもうけたばかりのところだ。市兵衛夫婦の初孫である。藤太郎は二十一、西平野町の酒問屋秋田屋に奉公し、手代頭《がしら》に出世している。おゆきは十八、お滝が亡くなって宿下がりするまでは、小石川の御家人の家に行儀見習い旁《かたがた》奉公に出て重宝《ちょうほう》がられていた。そして今は、この三人が市兵衛の心の支えとなり、慰め手ともなっているのであった。

その晩、ゆきは、忘れずに買ってきたぎんなんをほうろくで煎って、夕餉《ゆうげ》の食膳《しょくぜん》に載せた。庭いじりが大好きで、今日も一日両手を泥だらけにしていた市兵衛は、もうぎんなんの時期かと喜んで、楽しげにしていた。

この家では、家族の食膳のほかに、必ずひとつ、陰膳をつくる。それは生前のお滝が、貰い子らを引き取ったころから始めた習慣だった。どこでどうしているのかわからない、子らの産みの親のための膳である。ゆきも、お滝に代わってこの家の家事を仕切りに戻ってきたときからこの習慣を受け継いできたのだが、今夜はその陰膳をつくるのも、それに目をやるのも辛《つら》かった。

夕餉が済んだころに、おのぶが勝太郎を背負って顔を出した。彼女は猿江橋を渡ったところの煮売屋に嫁ぎ、亭主とふたりで店を切り回す毎日を送っている。生後三月の勝太郎をおんぶしては、ちょいちょいこちらにも遊びにくる。

おのぶはいただきものだという羊羹《ようかん》をたずさえてきた。市兵衛は甘いものに目がない。

「お父さんたら、今日も庭をいじっていたの?」と、おのぶが言う。

「わかるかね?」

「爪《つめ》のあいだに泥が入ってるもの。本当に、呆れるくらいだわねえ」

たしかに、市兵衛の「お庭大事」は、どうかすると度がすぎるほどだった。雨の日も風の日も手入れを怠らない。お滝の通夜《つや》や葬儀のときでさえ、合間に庭に降りていたほどだ。

が、今は、連れ合いを亡くしたばかりの市兵衛にとって、それはそれで悪いことではない。ゆきは茶を入れ替えに台所に立った。

居間で、市兵衛が勝太郎をあやしている声が聞こえてくる。泣けてきそうになって首《こうべ》を垂れていると、おのぶがそばにやってきた。

「おや、どうしたの?」

姉はめざとかった。

ゆきは黙ったまま、茶殻を笊《ざる》にあけた。しゃべると涙がこぼれそうだ。

「あんた、このごろ様子がおかしい」

居間の市兵衛をはばかりながら、小さな声でおのぶは言った。

「おかしかないわ」

「いいえ、妙に悲しそうだもの。昨夜《ゆうべ》も、一昨日《おとつい》もそうだったわ。何かあったの？」

ゆきはぐっとくちびるを嚙《か》んだ。そのままくちびるが白くなるまでじっとこらえていたが、やがてほっと息を吐き出し、打ち明けた。

「おっかさんに会ったの」

おのぶとのあいだでも、例の符丁は通じる。おのぶははっと息を吞《の》んだ。

「あんたに会いに来たの？」

「迎えに来たの」

居間で、市兵衛が勝太郎にいないいないばあをしている。まだ声をたてて笑いはしない勝太郎の分まで、市兵衛が笑っている。

「馬鹿《ばか》だね、泣くことないじゃないか」

おのぶは言って、ゆきの肩を抱いた。

「亡くなったお母さんと入れ違いに、産みのおっかさんが出てきたんだ。お父さんに打ち明けてごらんよ。お父さんはずっとそう言ってきたじゃないの。もしも産みの親が現われたなら、すぐに知らせろって。だからこそ、あんなふうに陰膳だって」

確かに、昔から市兵衛はそう言ってきた。遠慮することはない、と。また、たとえ産みの親がゆきたちを引き取りたがっても、ゆきたちにその気がないのなら、決してこの家から手放したりしない。両方の親と親しみたいというのなら、それもいいと。

でも……。

「やっぱり、お父さんには言えない」と、ゆきは呟いた。

「どうして」

「だって、もしもおっかさんとお父さんを引き合わせたりしたら、おっかさんはお父さんに本当のことを言ってしまう。本当のことが知れたら、お父さんは、あたしと兄さんを許してくれない」

おのぶの目元が険しくなった。「どういうこと?」

ゆきは拳《こぶし》を握りしめた。「あたしたち、本当の捨て子じゃないの」

声が震えて言葉がふやけてきたので、ゆきは大きく息を吸い込んだ。

「あたしたちのおっかさんは、おとっつぁんに死なれて、暮らしていけなくなって、あたしたちを育てることができなくなったの。それでね——捨て子のふりをして、どこかで拾って育ててもらえって。いつか必ず迎えに行くからって」

ゆきは、姉に横顔をむけて、流しの縁をしっかりとつかんだ。

おのぶはひょいと顎《あご》を引くと、目をまあるく見開いた。ゆきが横目で見ると、その口元が、ぴくりぴくりとひきつっている。姉からどんな非難の言葉を投げつけられるかと、ゆきは身を堅くした。

おのぶがふと、吹き出した。驚いてゆきが振り向くと、彼女は言った。

「あら嫌だ。あんたたちもそうだったの」

深夜になって、市兵衛が熟睡しているのを確かめ、ゆきはおのぶの家に行き、火を落とした煮売屋の寒い店先で、姉と向き合った。おのぶのご亭主は、二階で勝太郎と枕《まくら》を並べて眠っている。

「笑い事じゃないんだけど」

そう前置きして、おのぶは自分のことを語った。彼女の産みの親は六人の子持ちだが、その子らを奉公に出して給金を前借りしたり、売り飛ばしたりしては金を吸い上げて呑んだくれているという、とんでもない男女だったという。おのぶを迷子にしたのも、それが初めてではなく、しかも、迷子は土地の差配人の手元に預かられるというしきたりを知ってのうえの計略だったという。

「あたし、それまでにいろんなところで迷子にされてね」と、おのぶは言った。「そのたびにそこの差配さんだの地主さんの家に預かられる。そうして半年でも一年でもその家で暮らして、どこに金目の物があるかよくわかったころに、有金ひっさらって逃げ出すの。そして、おとっつぁんとおっかさんのところに帰るわけよ」

彼女は五番目の子で、兄や姉たちが親から食い物にされているのを嫌というほど見てきたから、この程度のことなら軽いものだと思っていた。女郎に売り飛ばされるよりはずっといい――と。

ゆきはちょっと言葉を失った。これは、ただ迷子になったふりをして余所《よそ》の家で育ててもらうという以上の、手の込んだ悪事だ。

「そういう暮らしがひどいもんだってことはわかってたけど、迷子になったときの預かり先でも、それほどいい思いはしなかったから、なあなあになってた」

遠い目をしながら、おのぶは続けた。

「世の中こんなもんだって、諦《あきら》めてたのよ」

だが市兵衛夫婦のところでは勝手が違った。市兵衛夫婦に拾われてから半月ほどのち、おのぶが初めて、産みのふた親のところに様子を知らせにゆくため、黙って家を抜け出したとき――

「お母さん、目の色かえて、それこそ半気違いみたいになってあたしを探し回ってくれてたのよ」

あんなこと、初めてだった、信じられないくらい嬉《うれ》しかった……と、おのぶは言った。

「もう、お父さんとお母さんのそばから離れたくないと思った。本当のおとっつぁんとおっかさんのところになんか、二度と戻りたくないと思った。だからそうしたの。二度と帰らなかったよ、あそこには」

「それで大丈夫だったの」と、ゆきは訊《き》いた。「産みの親は、あてがはずれて怒ったでしょうに。姉さんを探して、ここへ押しかけてはこなかったの？」

おのぶはちょっと言いよどんだ。目が動いた。それから、ふっと笑って答えた。

「あたし、うまくやったから。自分が拾われた先がどこだか、産みの親にはちゃんと伝えてなかったの。だから、あたしが尋ねていかなくなっても、向こうからは探しようがなかったわけよね」

おのぶは小さく肩をすくめた。ゆきは訊いた。

「このこと、お父さんやお母さんは——」

「ずっと話してなかった。話せないって思ってた」と、おのぶは言った。「でも、縁談が来たときに打ち明けたの。あたし、断わろうと思ってたからね。あんな悪い産みの親の血を引いてる女が、嫁に行って子供をもうけるなんてことはしちゃいけないと思ってたからさ」

「ああ、それで……」

ゆきはうなずいた。おのぶは、今の縁談が来たときに、最初のうちかたくなに断わったのだ。

「だから、もうたたき出されても自業自得《じごうじとく》だと思って、打ち明けたの」

「お父さんたち、何と言って？」

おのぶの目尻《めじり》がゆるんで、優しい線が浮かんだ。

「冗談じゃない、おまえはもう私ら夫婦の娘だ。ここに来る前のことなどもう関わりない。嫁にいって幸せになって、孫の顔を見せてくれって。何度も何度も、そう言ったわ」

おのぶは両手を強く握りしめていた。まるで、そのときの市兵衛夫婦の言葉が命綱であり、今でもそれにすがりついて生きているとでもいうかのように。

「あたし、許してもらえたんだって、そう思った」と、小さく言った。「だから嫁にもいくことにしたの。このお父さんとお母さんに孫を抱かせてあげたい。精いっぱい親孝行して、今までの恩を返そうって」

おのぶはもう一度、しっかりとゆきの肩を抱いてくれた。

「だからさ、あんたもくよくよしないで、お父さんに打ち明けてごらんよ。悪いことにはならないからさ」

ゆきは黙ったまま、姉の手を握った。

おのぶ、藤太郎、おゆきの三人が、三人それぞれの寝床のなか、てんでに枕に頭をつけて、それぞれの物思いにふけりながら、暗い天井を見あげている。

藤太郎は、目を開けて闇《やみ》をにらんでいた。彼の隣には、相部屋の手代が眠っている。今、寝返りを打って何か呟《つぶや》いた。

——おっかさんが会いにきた。

心のなかで、藤太郎は呟いた。

——約束が違うじゃないか。

十年前のことになる。藤太郎とおゆきが市兵衛夫婦の子供になって、五年目の春のことだった。おっかさんが、こっそりと藤太郎に会いに来たのだ。

あのときのおっかさんは、真新しい縞《しま》の着物を着ていた。化粧は濃く、襟《えり》の抜き方が大きくなっていた。まだ子供の藤太郎の目にも、どういう暮らしをしているのかが見えた。

おっかさんには、世話をしてくれる男の人ができたと言った。でもその人には、子供がいることは話していない。話したら、捨てられてしまうかもしれない、と。

あんたたちは幸せかい、いい暮らしをしてるようだねと、おっかさんは言った。近所の評判を聞いたよ。市兵衛さんという人は、いい人であるようだね。

藤太郎の頰はふっくらと太り、背も伸びていた。着物もつぎはぎだらけではない。おっかさんはそれを見てとったのだ。

——あんたたちが幸せに暮らしているのなら、おっかさんも安心だ。お願いだから、そこでいい子にしていておくれ。勝手だと思うかもしれないけれど、おっかさんにもおっかさんの暮らしが欲しい。もう、迎えには来てあげられない……。

おっかさんは死んだものだと思っておくれ。そう言い置いて、帰っていった。

藤太郎はこのことを、おゆきには話さなかった。切なくて辛《つら》くて、言えなかった。もうちょっと大人になってから打ち明けようと思いながら、今日まできてしまった。

そのおっかさんが会いにきた。あれから十年経《た》った今。おっかさんの都合で過ぎた十年の月日のあと。

どうして今さら——奥歯を噛みしめながら、藤太郎は思う。勝手すぎるじゃないか。おっかさんに会ったなら、なんと言おう。おっかさんは、十年前に藤太郎と話したことを、おゆきにも打ち明けるだろうか。一度はふたりを捨てたことを、素直に打ち明けてくれるだろうか。

それとも、忘れたふりをするだろうか。

俺の方から、今になってそんなことを明るみに出すのは、意味もなく酷《むご》いだけだろうか。おまえは一度、おっかさんに捨てられたと、おゆきに告げることは。

——このことは、俺の胸ひとつに収めておいたほうがいいのかもしれない。

寝返りをうちながら、藤太郎は思う。

同じ夜の底で、ゆきもまた考えていた。隣の部屋では市兵衛が眠っている。ゆきがかぶっている夜着は、亡《な》くなる前までお滝が使っていたものだ。お滝の匂《にお》いがしみこんでいる。

お父さんに打ち明けよう。すべて話して、そのうえでいっしょにおっかさんに会ってもらおう——そこまでは、もう決めた。自分のなかでは、答えが出た。おのぶのおかげだ。

それにしても、なんて不思議なことだろうか。おのぶにもあんな事情があったなんて。さぞかし心が重かったことだろう。

——姉さんは、本当にあたしと兄さんの仲間だったんだ。打ち明けることのできない秘密。

——そういえば……。

闇を見つめて、ゆきはぼんやりとお滝の顔を思い出した。

ゆきがまだ六つのときだ。どういうわけか、眠るたびにおっかさんの夢を見て目を覚ます夜が続いた。泣いていると、そのたびに、お滝が起きてきて慰めてくれた。

ある夜、やっぱりそうして目が覚めたとき、ゆきは寝床を抜け出して、お滝を探しにいった。が、お滝は寝床にいなかった。火の気の絶えた居間にいて、雨戸を細く開け、そこに座って庭をながめていた。

お滝は泣いていた。声を殺して。

ゆきはびっくりしてしまい、声をかけることができなかった。逃げるように寝床に戻った。翌朝起きてみると、お滝はいつもと変わりない様子で立ち働いていた。

あれはなんだったんだろうと、今でも思う。お母さんはお母さんなりに、人には言えない心の苦しみを持っていたのだろうか。ゆきは、そのことを誰にも話さなかった。藤太郎にも、市兵衛にも。言っては、お滝に済まないような気がしたのだ。そして、お滝が逝《い》ってしまった今では、あの夜の涙の理由を訊くことはできなくなってしまった。

——ずうっと、このことは黙っていよう。

お母さんの秘密だったんだ、と思う。あたしと兄さん、姉さんが、それぞれに秘密を抱えていたのと同じように、お母さんにも人に言えないことがあったんだろう……。

のぶの隣では、亭主がいびきをかいている。勝太郎はぐっすりと眠っている。おゆきの話には驚かされた。あたしたち三人、そろいもそろって訳有りの子供だったとは。事情を押し隠してきた藤太郎とおゆきの心の内を考えると、のぶは胸が詰まってくる。あれは可愛《かわい》い妹だ。藤太郎も、おのぶが誇りに思う弟だ。

のぶは目を閉じて、おゆきとの話を思い出してみた。

——あたし、嘘《うそ》をついた。

あの打ち明け話で、おゆきには言わなかったことがある。それは、市兵衛夫婦にも話していないことだ。のぶの心の奥底に、鍵《かぎ》をかけてしまってあるのだ。これぱっかりは、死んでも誰にも話せない。

おゆきはなかなか鋭いことを訊いてきた。のぶが市兵衛のところに居続けていたら、産みの親たちが追いかけてはこなかったのか、と。

追いかけてきただろう。もし、あのままにしておいたなら。

あの夜――二度目にふた親の元に帰ったあの夜。

幼いなりに、のぶは必死で考えていた。このまま市兵衛夫婦の元で暮らすにはどうしたらいいかと。のぶを食い物にすることしか考えていない産みの親から逃れるにはどうしたらいいかと。だがその算段はなく、見当もつかなかった。とりあえずは、ふた親の元に顔を見せ、様子を知らせて、時間を稼ぐしかない。ふた親の元に戻れば、早く金目の物を探し出せと叩《たた》かれるに決まっていたけれど、それでも仕方がない。

当時、向島の十軒長屋のいちばん奥まった小汚い部屋に、ふた親は住んでいた。近所の鼻つまみ者になっていた。夜の目を盗んで、のぶはそこに、ひっそりと訪ねていった。

着いてみると、ふた親は泥酔《でいすい》していぎたなく眠りこけていた。部屋は散らかり放題、酒の臭《にお》いがぷんぷんした。市兵衛店《だな》で初めてまっとうな扱いを受け、当たり前の暮らしの暖かみを知ったのぶの目には、ふた親の有り様が、これまで以上に浅ましく見えた。

――こんな親、いなければいいのに。

するとそのとき、母親が寝返りをうった拍子に、足元にともっていた行灯《あんどん》を倒した。油が流れだし、ちろちろと火が燃え始めた。

――あたしの心にも、火がついたみたいだった。

天井を見つめて、のぶは思い出す。

起こさなければいいのだと、とっさに思った。火はもうすぐおっかさんの着物に燃え移りそうなのに、気がつきもしないで寝てる。おとっつぁんは頭の上に油が流れてきてるのに、いびきをかいている。神様があたしに逃げろと言ってくれてるんだ。このまま逃げろって。

だから、おのぶは走って逃げた。

ふた親とは、それきりだ。きっと焼け死んだのだろう。そうであって欲しいと、今も思う自分が恐ろしいけれど、そう思う。

このことばかりは、誰にも言えない。言ってしまえば、大事なものが壊れてしまう。けっしてあたしに言わせないでくださいと、のぶは心に願いながら生きてきた。

この先、どれほどにでも努力して、人のために尽くそう。市兵衛、藤太郎、おゆきのために、亭主と勝太郎のために、彼らを幸せにするために、どんなことでもしよう。だからどうぞ、あの夜のことだけは、一生胸に秘めたままにさせておいてください、と。


三人三様に、夜は更《ふ》けてゆく。

翌日――

市兵衛は縁側で煙草《たばこ》をくゆらしながら、おゆきが、こそこそと前かがみになって道を渡り、煙草屋の方へ歩いてゆくのを見ていた。

ここ数日、見慣れない中年の女が、この家の戸口を思い詰めたような目つきで見つめていることに、市兵衛はとうに気づいていた。ひょっとすると――と思っていた。

市兵衛は、仏壇の真新しいお滝の位牌《いはい》の方に目をやった。お滝、どうやらまた何かありそうだ。おのぶの時にも驚いたけれど、今度は何だろうね……。

市兵衛は、昨夜、陰膳《かげぜん》を見るおゆきの目がつらそうだったことを思い出した。あの子たちにはいつも、陰膳は彼らの産みの親のためのものだと言い聞かせてきた。本当は別の人のためのものだということは、市兵衛とお滝、ふたりだけの秘密だった。

遠い昔、まだ子が授からないことを嘆いていたころのことだ。水天宮様に願掛けに行った折に、お滝が魔がさして、物狂いのようになって、お宮参りに連れてこられていた赤子を、親の目を盗んで連れ帰ってきてしまったことがあったのである。

市兵衛は仰天した。せめて一日だけでもと泣いて頼むお滝に負けて、あまりにも哀れでたまらなくなって、ついついまた一日、もう一日と、赤子を手元に引き留めてしまった。

だが、赤子ひとりを隠し育てるのは容易なことではない。お滝と赤子を余所《よそ》に移したり、いろいろと小細工をしたが、無理というのは必ずたたるものだ。赤子はやがて目に見えて弱り始め、医者に診せるふんぎりもつかないでいるうちに、あっけなく逝ってしまった。

市兵衛はひそかに赤子の亡骸《なきがら》を運び、庭に穴を掘って葬《ほうむ》った。庭にはたくさんの花木を植えた。

以来、お滝はもう以前の彼女ではなくなってしまった。たびたび泣いて自らを責め、空《くう》に向かって詫《わ》びた。市兵衛がなだめても、自分のしたことは天人ともに許さざることだと、首をくくろうとしたことさえある。

そこで市兵衛はお滝に言ったのだ。どうだろう、これから自分の差配の内に見つかる迷子は、どんな事情を抱えている子供であっても、残らず抱き取って大事に育ててみないか。死なせてしまった赤子のかわりに。

それが、ふたりだけの生涯の秘密だった。

庭は大事に手入れをしてきた。季節ごとの花が絶えないように。子供たちにさえ、ひと足も踏み荒らさせたことはない。陰膳も、一日たりと欠かしたことはなかった。

そうしてお滝は、とうとう彼女の秘密を墓の下までしっかりと背負って行った。

道の向こう側から、おゆきが引き返してくる。ひとりきりだ。今日のところは。

市兵衛は煙草を消し、庭に降りた。今年の秋は、桔梗《ききょう》の花がいっぱいに咲いている。

謀《はか》りごと

深川吉永町《よしながちょう》の丸源長屋には、ちょっとばかり世間さまに向かって誇れることがある。長屋が建てられてからこっちのこの十年間、たった一度の火事にも遭っていない、小火《ぼや》さえないということだ。

十年も江戸の町に暮らしていたら、自分の身に火の粉がかかるかからないは別としても、近場の火事や小火に、少なくとも三、四度は遭っているのが普通である。それが一度もないというのは、珍しいを通り越して、いくぶん神がかってさえいる。という次第で、当年とって五十六歳、古女房と嫁き遅《い》れの娘ひとりと痛風で痛む脚を抱え、半年に一度下肥の代金が入ったときに虎屋《とらや》の羊羹《ようかん》の特練りを一本、とっておきの玉露と一緒に味わうのだけが楽しみだという丸源長屋の差配人黒兵衛《くろべえ》は、これを大いに自慢しているのだ。

いや、し、て、き、た、のだというべきか。

なぜならば、もう初霜が降りたね、今年も寒くなりそうだよ——と、人びとが挨拶《あいさつ》を交わす初冬のある朝のこと、丸源長屋の住人のひとりが、隣の住人を訪ねてがらりと障子を開けてみたところ、四畳半の座敷の真ん中で、ほかでもない黒兵衛その人が、炬燵《こたつ》の猫のようにまん丸く丸まって死んでいたからである。

「なんだよ、差配さんかい?」

入口の障子戸に手をかけたまま、松吉は大声でいった。黒兵衛に向かって声をかけたのだ。差配さんはどう見てもいつもの差配さんらしくない格好をしていたけれど、顔は差配さんに間違いなかった。

「そんなところで何やってんだい?」

黒兵衛は返事をしない。両目をかっと見開き、着物の胸のあたりをかきむしるようにしている。

松吉はまわりを見回した。狭い土間に小さな竈《かまど》を据えた台所に、傷だらけのあがりかまち。座敷の隅に書き物机が据えてあり、その脇《わき》には書見台。たたんだ布団《ふとん》が反対側の隅に重ねてある。

「差配さんだろ?」

松吉はさらに声を張り上げた。やはり返事はない。黒兵衛はぴくりとも動かない。松吉は首をひねり、いったん外に出ると、

「おいおい勝、お勝！」と女房の名を呼びながら、すぐ隣の自分の家に引き返した。

「なんだよ、おまえさん」

首をのぞかせたお勝は、三十過ぎの、いくぶんいかつい顔の女である。しかし、丸い目には愛嬌《あいきよう》があり、色も白くて肌はきれいだ。

「なあお勝、差配さんがいるんだ」

亭主の言葉に、お勝は大きな顔をしかめた。

「そりゃいるだろうさ。権現《ごんげん》さまにお願いしたっていなくなっちゃくれないんだからいるだろう」

「だけどここにいるんだぜ？」と、松吉は今し方出てきたばかりの障子戸を指さした。

「そうするとここは差配さん家《ち》かよ？」

「寝ぼけてんじゃないよ、そこは先生の家じゃないか」

「だけど差配さんがいるんだよ」

「じゃあ何かい、差配さんは朝っぱらから先生んとこに店賃《たなちん》取りに来てるのかい？」

「先生はいないよ。差配さんだけだ」

お勝は目をぱちぱちさせた。

「先生はどこにいるんだい？」

お勝が尋ねると、松吉は真剣に考え込む顔をしてから、はっと気づいて笑った。

「そうか、差配さんが先生のとこにいるんなら、先生は差配さん家《ち》にいるんだ」

「ちょいと、ちょいとお待ちよ」

松吉は植木職人で、扇町の辰三《たつぞう》親方の下で働いている。親方は常々、松吉は木や草と話ができる、木や草が刈ってほしいと思う格好に刈るから仕事がきれいだと誉めるのだが、お勝が思うに、草木と話が通じる分、人間さまとの話に今ひとつふたつみっつくらい通じにくいところがあるのが松吉なのである。

お勝は急いで松吉に近づいた。彼の肘《ひじ》のあたりをしっかりとつかんでから、そうっと首を伸ばし、半分ほど開けたままになっている障子戸の隙間《すきま》からなかをのぞきこんだ。

「先生？　おいでなさるかね」

先生というのは通称で、本当の名前は香山又右衛門《またえもん》という。浪人者だが、丸源長屋ではたったひとりのお侍だ。読み書きはもちろん算術も得意で、お勝の子供をはじめ長屋の子供たちにもいろいろ教えてくれる。それで先生と呼ばれているのだ。

お勝も、子供らが世話になったことから、先生と話をするようになった。丸源長屋のかみさん連中のなかでは、先生といちばん親しくしているだろう。それでも、先生の素性にはわからないことが多い。

歳《とし》は確かお勝より十ほど上のはずだから、四十ぐらいだろう。お侍の歳ははかりにくいのだ。家族はなく、訪ねてくる人もいない。禄《ろく》を失ったことをひどく恥じているという様子はなく、貧乏御家人でいるよりは、同じ貧乏でも今の方が気楽でいいなどと、あっさり言うこともあった。寺子屋を開けばいいのにと勧めても、今さら面倒くさいなどと笑って、傘張りだの代書屋だの日雇いみたようなことをして、その日その日をかつかつ暮らしている人である。

「先生、お勝ですよ」

何度呼んでも返事はない。

「おまえさん、ここを動いちゃいけないよ」

お勝は松吉に命令した。そうしてゆっくりと敷居をまたいだ。

確かに松吉の言うとおり、先生はいなくて、代わりに差配さんがいる。先生の座敷の真ん中に、白目を剝《む》き身体《からだ》をよじって倒れている。

どう見ても、死んでいるようだ。

でも念には念ということがある。お勝は息を殺し足音を忍ばせて——なんでそんなことをしなければならないのか自分でもよくわからなかったのだけれど——差配さんに近づくと、声をかけた。

「差配さん、何してんですか」

黒兵衛は白目で天井をにらんでいる。むくりと起きあがり、なんだお勝か、やあ、と死んだ居眠りをしちまったと笑う——なんてことはなかった。

右手の人指し指を一本だけ出して、お勝は差配さんの肩をつっついた。

「差配さん？」

黒兵衛は動かない。渋い縞《しま》の着物の絹の手触り——というより指触り——だけが感じられた。黒兵衛がよく身につけている着物だ。

間違いなく、こりゃ差配さんだ。その場に突っ立ったまま、お勝は大きく息を吸い込み、吐き出した。

——さあ、いったいどうしたもんだろう？

お勝は胸がどきどきしてくるのを感じた。そのどきどきは、先生のところにおかずの煮物を持っていってあげたり、先生に頼まれた縫いものを届けてあげたり、先生とちょいと立ち話をしたりするときに感じる、気分のいいどきどきではなかった。

先生は留守で、先生の家で差配さんが死んでる。それも、尋常とは思えない死に顔で。

差配さんとは昨日も会った。というより、毎日顔を合わせるのだ。すぐそこの表通りのしもたやを借りて住んでいて、毎日一度は長屋の様子を見にやってくるのだから。やれ井戸は汚れていないか、厠《かわや》はきれいに使っているか、夜逃げした住人はいないか——と。いつ会っても小うるさくて、ずけずけものを言って、憎らしいくらい丈夫でぴんぴんしている人だった。病気になんか、洒落《しやれ》でもかかったことがない。あの差配さんが、ぽっくり死んだりするものか。

しかもこの顔。死んでも三途《さんず》の川なんか渡りたくないと、この世の側の船着き場の柱にしがみついているのを、無理矢理引き離されたという顔だ——。

先生が差配さんを手にかけたんだろうか。

だけど、先生にそんなことをする理由があるだろうか？　店賃？　先生もだいぶ溜《た》めていたようだから……だけど、差配さんは先生に一目《いちもく》置いていて、あたしのところに催促にくるときみたいな不躾《ぶしつけ》なことは言ってなかった。挨拶だって、差配さんの方からしてたし……それにさ、浪人者は貧乏のくせに気位ばっかり高くて厄介だから、あたしの預かってる長屋には住まわせないと言ってた差配さんが、先生だけは住まわせてた。きっと信用してたんだ。だから先生だって——

そうだよ、どう考えたって、先生が差配さんをどうにかするわけがない。お勝は強く首を振った。

だけど、このままでは……このまま差配さんが見つけられたら、やっぱり先生が疑われることになってしまわないか？　だいたい、先生はこんな朝っぱらからどこをほっつき歩いているんだろう？

腹立ち半分でそう思ったとき、そういえば昨日一日、先生とは会っていなかったと気がついた。昨日は内職のこよりづくりが忙しくて、お勝も手一杯だったのだ。

一昨日は？　一昨日はどうだったろう？　先生は家にいたろうか。その前は？　いつ先生に会ったっけ？

考え始めると、頭のなかが独楽《こま》みたいにぐるぐるしてきた。お勝は回る独楽を停めようと、両手でこめかみをぎゅっと押さえた。

あたしひとりの手には負えない。誰かに報《しら》せなくちゃ。だけど誰に？　先生を除くと、今この丸源長屋には、六組の住人たちがいる。お勝松吉夫婦、その向かいの籠《かご》細工職人の余助の夫婦、とっつきのひと間でひとり細々と鋳掛《いか》け屋をしている源次郎じいさん、じいさんの向かいの焼き印職人嘉介《かすけ》の夫婦、そして、その奥に表向き新内節師匠の看板を掲げているけれどその実何で食ってるかわかったもんじゃない芸者あがりのお駒《こま》という女がいて、いちばん風通しの悪い厠のそばには、役者崩れの染太郎とかいう若者がひとりでとぐろを巻いて暮らしている。そのうちの誰？　誰に報せたって、この様子を見たら、きっと先生を疑うに違いないのに。

「なんだよお勝さん、何やってんだ？」

声をかけられて、お勝は一尺ほど飛び上がった。振り向くと、障子戸から首を突っ込んで、余助がこちらをのぞきこんでいた。

とっさにお勝は声が出せず、口ばかりぱくぱくさせた。倒れている差配さんを隠そうと、不器用に両手を広げたが、それがかえって目を惹《ひ》いて、余助は顔に驚きの色を浮かべ、土間に入り込んできた。

「なんだそりゃ——差配さんじゃねえか」

お勝はがくりと力が抜けるのを感じた。余助は歳こそ若いが落ち着いていて、頭もなかなかしっかりしている。

差配さんの死に顔を真似《まね》てでもいるみたいに、余助は目を見張っている。

「死んでる……じゃねえか」

「ああ、そうなんだよ」と、お勝はぐったりうなずいた。「さっき、うちのひとがちょっと用があって先生を訪ねてきたら、この有様さ」

余助は周囲を見回した。「先生は？」

「いない。出かけてるみたいだよ」

「じゃ、なんで差配さんがここにいるんだよ」

お勝は黙って首を振った。そしてはっと気づいた。「うちのひとは？」

「厠に行ったよ。俺も小便に行こうとしてさ、前を通りかかったら、松吉さんが、かかあにここから動くなって言われたんだけど小便がしたくなったから、ちょっと代わりに立っててくれって」

「用の足りない人だこと」

と言っているうちに、松吉が戸口に顔をのぞかせた。「お勝、まだかい？」

何がまだなんだかと呟《つぶや》いて、お勝は言った。「あんたはうちにいておくれよ。仕事に行くのはちょっと待っててね。いいかい？」

わかったよとおとなしく言って、松吉は家に戻って行った。お勝はため息をついた。

余助は顔をしかめている。ただでさえ小さい目を、鏡餅《かがみもち》のひび割れみたいに細くして。

「差配さん——当たり前の死に方には見えないよね。なんか、恨みに恨んで死んだっていう顔だよ。つい昨日まで丈夫でぴんぴんしてたんだからさ、病気のわけもないよね」

余助もやはり、先生が怪しいと言い出すに決まっている——そう観念しつつ、それでも様子をうかがうように低い声で、お勝は口に出してみた。すると余助は片手でつるりと顔を撫《な》で、それで何かを拭《ぬぐ》い落としたみたいに、きっぱりとお勝の顔を見た。

「確かにこいつは当たりめえの死に方じゃないね。困ったことになったもんだ」

つと手を伸ばし、半分開いたままになっていた障子戸を閉めると、低い声を出した。

「いったい誰の仕業だろう」

お勝は胸が苦しくなってきた。

「ここは先生のうちだよね……」

「だけど先生は留守なんだろ？　たぶん昨日からいなかったんじゃねえかい？　ずっと見かけてねえもの。そいで、差配さんはしょっちゅうここを見回ってる。で、今朝早くか昨夜遅くか知らねえけど、やっぱり見回りに来てて、先生のところが留守だって気づいて、火の気はどうかとかなんとかつまんねえことを気にしてここをのぞいてさ、そのときに、悪い相手に出くわしちまったんじゃねえのかな」

お勝は口を開けて息を吸い込み、そうか……と納得しながら吐き出した。大いに安堵《あんど》のため息になった。

「そうか、そういうことだって考えられるよね」

「なんだい、お勝さんは何を考えてたんだい？」そう言って、余助は吹き出した。「まさか先生を疑ってたんじゃねえだろうね？」

お勝は黙って余助を見た。

「よせやい。なんで先生が。それに、もし先生が腹に据えかねることがあって差配さんを殺そうってんなら、痩《や》せても枯れても武士は武士だぜ、こんな殺し方をするもんか。ええいばっさり斬《き》り捨て御免よ。あの先生だって、やっとうができねえわけじゃあるめえし」

言われてみれば、そうなのだ。黒兵衛の死に様は美しいものではないけれど、少なくとも身体に傷はなく、血も流れてはいない。

「さて、どうするかな」と、余助は呟いた。「このこと、ずっと隠しとくわけにはいかねえからな」

店子《たなこ》のあいだでもめ事があったり妙な死に方をした者が出たりしたとき、さっと片づけに来るのが差配の仕事だ。しかし今はその差配が片づけられるのを待っているのである。

「長屋のみんなに報せようよ」と、お勝は言った。「みんなの様子を見てみなくちゃ」

余助は眉根《まゆね》を寄せた。「長屋の誰かがやったかもしれねえからってことかい？」

「うん。まるっきり考えられないことじゃないよね？」

先生への重い疑いがとれたので、お勝は楽にものを考えられるようになった。それで、持ち前の頭が働きだしたのである。

「理由はわからないけどさ、誰かがせっぱ詰まって差配さんを……。で、もう逃げちまってるのかもしれない。まずはさ、今みんながそれぞれの家にいるかどうか、確かめるのが先じゃないかい？」

幸い、丸源長屋の連中は、先生を除いては全員そろっていた。子供たちは勝手に遊ばせておいて、一同は先生の家に集まった。土間が狭いので、半分は外にはみ出している。

「差配さんがこんなことになるなんてえ、なあ……」鋳掛け屋の源次郎じいさんは、ひとりで涙を浮かべている。「なまんだぶ、なまんだぶ」

じいさんの隣には、嘉介夫婦が妙に乾いた目をして突っ立っている。意外だったのは新内節のお駒で、どんな顔をするかとお勝が見守るその前で、化粧焼けした頬にひと筋涙をこぼすと、ぐっと嗚咽《おえつ》した。

「いい人だったのに……」と、泣き声で呟く。

お勝は嫌あな感じを受けた。お駒のこの泣き方には、厚い裏地がくっついていそうな気がしたのである。

余助の女房のお品はまだ歳《とし》も若く、おとなしい気質《たち》なので、余助の背中に隠れるようにして立っていた。そうして、お駒の涙をしみじみと見つめている。お駒はさらにしなをつくって泣きながら、

「差配さんは、仏様みたいに優しい人だったんだよ。あたしゃこれからどうしたらいいか……」

「そんなに途方にくれるところを見ると、ずいぶん世話になってたんだな」

お駒はちんと鼻をかむとうなずいた。「困ってないかって気にしてくれて、店賃だってずいぶんまけてくれて」

これには、お勝も余助夫婦も嘉介夫婦も目を剝いた。

「本当かね?」

「嘘《うそ》なんかつくもんかい。一度なんか、差配さん、あたしに着物をこさえてくれたこともあったんだよ」

この女、恩義は忘れないが時と場所を心得ることのできない気質であるらしい。

「それであんたは代わりに何をしたの」と、平べったい声で訊《き》いたのは嘉介の女房のおふじである。「着物を買ってもらったお礼にさ」

「何もしないさ」お駒は、売られた喧嘩《けんか》は買わずばなるまいという顔で、ぐいと顎《あご》をあげる。「にっこり笑ってありがとうを言うだけでよかったんだよ、あたしは」

余助が呆《あき》れたように首を振っている。おふじが鋭く吐き捨てた。「このすべた」

「なんだって!」

「まあまあ、おやめよ」と、お勝が割って入った。「仏さまの前じゃないか」

「手前が鍋《なべ》の底みたいなご面相だからってひがむんじゃないよ」と、お駒はしぶとく毒づく。それでおふじがまたいきりたつ。彼女の腕を押さえて、亭主の嘉介が止めた。

「よさねえか、おふじ」

そして、一同の顔を見回した。

「こうして集まって、何がどうなるんですかね。このなかの誰かが差配さんを手にかけたんじゃねえかと、それを確かめるために集めたんですか」

さすがの余助がちょっとひるんだ。その顔をはったと見据えて、嘉介は続けた。

「どのみち、お上に届ければいろいろとお調べがかかるだろうし、早いうちにちゃんと話しておきますよ。あたしら夫婦はいちばん疑われやすいと思うから」

「嘉介さんが?」

「いや、あたしは殺しちゃいない。でもねお勝さん、差配さんの身体《からだ》に、昔あたしら夫婦といざこざがあったときの証《あかし》が残ってるんでね。それについて話しておかねえと」

そう言うなり、嘉介は黒兵衛に近づいて、彼の着物の右の袖《そで》をまくりあげた。すると、黒兵衛の二の腕に、くっきりとした「半」という焼き印が押されているのが見えた。

「こいつは、あたしがこさえた焼き印です」と、嘉介は落ち着いた声で言った。「四年くらい前になるかな。そら、咳《せき》がとまらなくなる風邪が流行《はや》った年があったでしょう。あたしもあれで寝込んで、仕事ができなくて、それでお得意先をひとつしくじりましてね。下谷《したや》にある、桐半《きりはん》ていう大きな下駄《げた》屋だったんだが」

焼き印職人にとって桶《おけ》屋や下駄屋、折詰めの折をつくる業者は大事なお得意先である。

「あれはあたしにも痛かった。いっぺんで暮らしに困ったからね。それで、今まで一度だって店賃《たなちん》を遅らしたことがなかったあたしら夫婦が、初めて、ひと月だけ店賃を待ってくれって、この人に頼みに行ったんですよ」と、嘉介は黒兵衛の方に顎をしゃくった。

「そうしたらこの人は、店賃は待てない、遅れたら出ていってもらうのがしきたりだってはねつけましてね。挙げ句には、あたしと、あたしの看病で疲れちまった女房が寝ている枕元《まくらもと》までやってきて、やれ荷物をまとめろの、売れるものは残していけ、売って店賃の足しにするんだのと言うんですよ。それであたしも腹が煮えましてね」

お勝の隣で、余助がごくりと唾《つば》を呑《の》んだ。嘉介はうすら笑いを浮かべた。

「二度目にこの人が来たときに、もう納める先のなくなった桐半の焼き印で、ちょいとこの人に焼きを入れてやったんですよ。少しばかり、情けってもんがわかるように、ね」

お勝は黒兵衛の二の腕に目をやった。なるほど、確かに。

「だけど、あたしら夫婦はそれで気が済みましたからね」と、嘉介は続けた。「病が治ったらすぐに店賃は届けたたし、あれ以来一度だって遅れたことはありませんよ。差配さんも二度と文句を言いにきたことはねえ。だから、あたしらには、差配さんに含むところはねえ。何もやってません。お上に尋ねられたら焼き印のことはしゃべるつもりだし、皆さんも嘉介は自分から進んで焼き印のことを白状したって言ってやってくださいよ」

一同は一斉に、飲み込みにくいものを口に頬ばったみたいになって、黙り込んだ。しかし、こういうときもめったに「一同」のなかにはくくられない松吉が、やっと目が覚めたという様子で言い出した。

「なあんだ、そういうことか。差配さんは誰かにやっつけられちまったのかい、だったら俺、誰がやっつけたかわからぁ」

得意そうな顔の松吉を、お勝はまともに見おろした。隣で余助が天を仰いでいる。

「なんだって？　おまえさん正気かい？」

「正気だよ。俺は、差配さんをやっつけた下手人を知ってらぁ」

「誰だっての」

「決まってら、差配さんのおかみさんだよ」

余助夫婦がお勝の顔を見た。嘉介夫婦は薄笑いを浮かべたまま黙り込んでいる。ふと見ると、役者崩れの染太郎がひとり、柄は派手だが地の薄い着物の下でふるふると震えていて、お勝と目が合うとあわてて俯《うつむ》いた。

「半月くらい前だったかなあ」一同の視線を集め、楽しそうに松吉は言った。「大川端の『加門』って茶屋の松を手入れに行ったときにさ、差配さんがそこから女と一緒に出てくるのを見ちまったんだ。差配さんも俺に気づいて、うちの家内は悋気《りんき》がきつくて怖いから、ばれたら大変だ、黙っててくれよってさ」

お駒が乗り出した。「その女、いい女だった？」

「うちのお勝ほどいい女じゃなかったよお」

「なあんだ、ふん」

お勝はお駒など相手にしていられない。松吉の腕を取り、亭主の小さくて明るい顔をまっすぐ見つめた。

「それ本当かい？」

「本当だよ。差配さんはすごくあわててさ。家内に知られたらあたしは殺されてしまう、松吉さん、誰にも言わないでおくれよって」

そして松吉は、急にしおれた。悲しげに顔を歪《ゆが》めると、

「だからおめえにも黙ってたんだ、堪忍《かんにん》しておくんなよ」

「あんたったら……そんなことはいいんだよ」

「しかし、差配さんのけちくさい根性は変わってなかったね」と、嘉介が嘲《あざけ》るような調子で言った。「相手が松吉さんでうまくごまかせるもんだから、口止め料も払わなかったんだ。いかにも、この人らしいよ」

「嘉介さん、少し口を慎んだ方がいいよ」と、余助が静かに言った。

「そう悪い人じゃなかったよ」と、ずっと黙っていた源次郎じいさんが口を開いた。まだ目を潤《うる》ませている。「あたしは、時々だけど、店賃を肩代わりしてもらったことがある。稼ぎが少なくて困ってるときなんかねえ」

「源次郎さんも？」お駒が目を見開く。「あら嫌だ。着物も買ってもらった？」

「あんたは黙ってろ」と余助が言った。「本当かい、じいさん」

源次郎は何度も深くうなずいた。

「じいさんみたいに、長いことこつこつ働いてきた人間は、そろそろ楽をしたっていいんだって言ってな。金のないときでも、店賃のことなら心配要らないよって、優しくしてくれたもんだよ」

そして、びくびくしながら、嘉介夫婦をすくうように眺めると、

「あんたは、そりゃ腕がいいからかもしれねえけど、いつだってかちんこちんに硬くって、差配さんになじまなかったろう？　だからいけなかったんだよ。黒兵衛さんは頼ってくる者にはそりゃあ親切な人だった」

嘉介のやせぎすの顔が、すうっと青くなった。おふじは唇を噛《か》んで俯いた。

「なんか、いろいろだったのね」と、お駒が呟《つぶや》く。「みんな大変ね」

お品がそっとお勝に寄り添い、小声で言った。「お駒さんね、あんな気軽そうな顔してるけど、三味線で食べていけるほどの芸はない人だから」

「うん、わかってるよ」とお勝は言った。

「時々、夜鷹《よたか》みたようなことをしてるのよ。差配さん、それをすごく心配してね。だから店賃もまけてあげてたんだと思うわ」

お勝は目をぱちぱちさせてお品を見た。

「それ、なんで知ってるの？」

「聞いたの。差配さんに。ほら、うちは長屋の入口のそばに住んでるからね。お駒さんがござを抱えて出ていくようなことがあったら、教えてくれって頼まれて」

お勝は憮然《ぶぜん》とした。つい昨日まで、差配さんはひとりきりだった。生きているうちは。けれど、死んだらいきなり、四人にも五人にも増えたみたいだ。いろいろな差配さんの顔がある。

人間はみんな、こんなふうに隠し事をして生きているものなのだろうか。だから、急に死んでしまうと、そういう秘密が全部明るみに出て、まるで、生きていたことそのものが大きな謀《はか》りごとだったみたいに見えてくるのだろうか。

そのとき、またお勝の視線が、染太郎のそれとぴったり合った。遊び人と呼んでやるにはいささか粋《いき》さも覇《は》気《き》も足りないこの若者は、また逃げるように目をそらした。お勝はむらむらと気になってきた。

「ねえあんた、さっきからおかしいね。何をそんなに震えてるのさ?」

今にも染太郎につかみかかろうと一歩踏み出したとき、一同のうしろで大きな声がした。

「あら、みんなで集まって何をやってるの?」

黒兵衛の娘、お鈴だった。たすきがけをして、左手に小鍋を乗せた盆を捧《ささ》げている。そうして、いかにも嬉《うれ》しげに、染太郎に呼びかけた。

「染太郎さん、もう起きてたの?」

染太郎はいっそうひどく身体を震わせ、すがるようにお鈴を見つめた。「お鈴ちゃん……」

「お鈴ちゃんだと?」余助がふたりの顔を見比べた。「なんだい、お嬢さん、こいつとどうかなってんのかい?」

今年二十六、縁談がまとまらないまま中年増《ちゅうどしま》になってしまったお鈴は、小娘のように頬を染めた。

「あたしたち、所帯を持つのよ」

「所帯だと？」

「そうなの」お鈴はいそいそと染太郎に近づいた。「ずっと内緒でつきあってたんだけど、今度やっと、おとっつぁんが折れてくれてね。もう役者になるなんて夢は捨てて、おとっつぁんを手伝って、ゆくゆくは立派な差配人になれるようにしっかり働けば、婿《むこ》に迎えてもいいって」

「あらまあ」と、お勝は言った。

「手の早い野郎だ」と、余助が呆れる。

「だからあたし、やっと大手を振って朝御飯をこさえて持ってきてあげられるようになったのよ。だのに、何やってるの？」

「すみません！」と、染太郎がいきなり身を折ってお辞儀をした。「そういう次第で、だから俺としてはもう黙ってはいられねえ」

彼はお鈴の身体をかき抱き、仰天している娘に、泣くような声で言った。

「お鈴ちゃん、気をしっかり持っておくれよ。大変なことになっちまったんだ――」

「で、結局、まず町医者の先生に来てもらってさ」

その日の夕刻のことである。先生は、お勝のつくった切り干し大根の煮付けをおかずにご飯を食べている。実に旨《うま》そうに、ぱくぱく食べる。お勝はそれを眺めながら、あがりかまちに腰かけていた。

「診てもらったら、なんてことはなかったの。殺されたわけじゃなかったんだ」

「病気だったのか？」忙しく箸《はし》を使いながら、先生は言った。

お勝は大らかに笑った。「そうなんだよ。心の臓の病だっていうんだ。お鈴お嬢さんの話じゃ、ここ何日か前から、差配さん、心の臓が妙にどきどきして息苦しいって言ってたんだって。そういう病があるんだってさ。急に息苦しくなって、心の臓が止まって死んじまう」

「なんとな……」

先生が箸を置き、お勝は手早く茶をいれて湯飲みを差し出した。

「大山鳴動鼠《ねずみ》一匹だったな」

「ホントだね。だけどびっくりしたよ。差配さんは、あたしが知ってる差配さんだけじゃなかったんだ」

お勝は神妙な顔で言った。それからちょっと笑い、先生の顔を斜交《はすか》いににらんだ。

「それより先生、二日も家を空けて、いったいどこ行ってたのさ。そんなことするから、こっちも余計な心配しちまったんだよ」

「ちと野暮用での」と、先生は頭をかいた。「それにしてもお勝のつくる飯は旨いな。またよろしく頼む」

「うまいこと言っちゃってさ」

嬉しそうな顔でお櫃《ひつ》を抱えて帰ってゆくお勝を見送ると、香山又右衛門は「先生」の顔をしまいこみ、地の顔に戻った。これと言って変わるところはないが、若干目が鋭く、抜け目なくなるのだ。

――黒兵衛がここに忍び込んでいたか。

なかなか油断のならない親父《おやじ》だと思っていたが、案の定だった。いやいや危ないところだった。

又右衛門が今のんびり肘《ひじ》をついているちゃぶ台の下の畳をあげると、そこには小さな手文庫が隠してあり、そのなかには数冊の書物が入っている。いずれも苦労して入手した貴重な品だ。西洋の文献――それも、兵法について記したものばかりである。書物は少なく貴重品だし、うっかりお上の目に触れては大変なことになる。保管は厳重に、携帯は慎重にする必要があった。

丸源長屋を選んだのもそのためだ。この十年、小さな小火《ぼや》程度の火事も出していない長屋。大切な書物を隠し持って暮らすにはうってつけだと思った。

――うるさい差配がいたが、な。

黒兵衛は鋭い男だったから、又右衛門がご禁制の書物を隠していることに気づいていたのだろう。それを確かめるために、又右衛門の留守にここに忍び込んだのだ。その最中に寿命が尽きるとは、運のない話だ。が、おかげで又右衛門は助かった。場合によっては、黒兵衛を斬《き》らねばならなくなるところだったのだから。

――わしこそ、うっかりとは死ねぬ身だ。

手文庫のなかの書物のことを考えながら、又右衛門は微笑した。黒兵衛の生真面目《きまじめ》で融通のきかなそうな顔を、ふと思い出して。

てんびんばかり

あれはもう、一昨年のことだ。

お美代《みよ》が大黒屋に後添いに入ったとき、徳兵衛《とくべえ》長屋の人たちにも、紅白の丸餅《まるもち》が配られた。祝いの印《しるし》のその餅を、お吉は何ともうら寂しい気持ちでつくづくとながめてしまい、どうにも食べる気になれず、結局固くなってカビが生えるまで放っておいて、最後にはこっそり捨ててしまった。生まれてこの方、お吉が食べ物を無駄にしたなど、あとにも先にもこのとき一度きりである。

そのお美代が、徳兵衛長屋に帰ってきているという。差配の徳兵衛の家にいて、のんびり話し込んでいるという。たぶん、里帰りのつもりなのだろう。だけれど、もしかしたら大黒屋で何かあったのでは――と考えてしまってから、お吉は自分が嫌になった。大黒屋で何かあって、お美代が追い出されたのなら面白い――などと、一瞬でも考えた自分を恥ずかしく思った。けれどもこれはお吉の本音の一部であり、そうして、一昨年の餅の一件を思い出したのだ。お美代ちゃんがお嫁に行った当時から、あたしはずっとひがんでいたんだ——

徳兵衛長屋は深川浄心寺脇《わき》の山本町にある。お美代が嫁いだのは春の盛りで、浄心寺境内にある満開の桜の木から、花吹雪がしきりと長屋のなかに舞い込んできた。大黒屋でささやかに杯を交わした後、挨拶《あいさつ》に戻ってきたお美代の結い上げたばかりの髷《まげ》や新しい着物に包まれた肩にも、淡い紅色の花びらが舞い落ちた。彼女の上気した頬もまた、花びらと同じ色合いをしていた。

お吉はそんなお美代を、長屋の連中と肩を並べて見送った。お美代が大黒屋の番頭を先に立て、差配の徳兵衛を後ろに従えて去って行ったあと、思わずちょっとため息をついた。

すると隣のおりくおばさんが、

「お吉ちゃんも寂しくなるね」と言った。

「幼なじみですからねえ」と、お吉は応じた。

「お美代ちゃんはいくつだったっけ」

「二十二ですよ。あたしよりひとつ下だから」

「ずっと一緒に暮らしてきたんだし、あんたにとっちゃ、妹をお嫁に出したような気分だろ？　差配さんも、娘が嫁ぐみたいな気がするって言ってた。あんたらは、ここじゃいちばんの古顔だもんね」

お吉もお美代もこの長屋で生まれた。それぞれに一人っ子だったので、ずっと一緒に姉妹のようにして育ってきた。互いの父親が、同じ海辺大工《うみべだいく》町の親方の下で働く大工で、母親同士も仲が良かった。ふたつでひとつの家族のように、何でも分け合い、相談し合い、助け合って暮らしたものだった。

徳兵衛長屋の歴史は古く、これまでに何度か火事に遭っては建て替えている。地主さんが地続きの土地を買い足して長屋を建て増すということもあった。お美代たちが子供時代を過ごした徳兵衛長屋は、表通りに面した二階建ての二軒長屋がひと棟と、裏長屋が一棟あるだけのこぢんまりした造りだった。それが、お美代たちが十の歳《とし》の冬に深川の大火で焼け落ち、その後に、二軒長屋二棟・裏長屋二棟の立派なものが建った。お美代一家とお吉一家は、いつかはきっと、日当たりのいい表側の二階屋に隣同士並んで暮らせるようになろうねと言って、お互いを励まし合ったものだ。いつかそうなったなら、あたしたちは二階の手すり越しに行き来して遊ぼう――子供のお吉とお美代は、そんな他愛ない約束をして喜んでいた。

どちらの両親も、これという目覚ましい取り柄はないものの、そろって真面目《まじめ》な働き者だったから、暮らしはいつもかつかつだったけれど、すさんだり、恨んだり、悲しんだりすることもなく、お吉たちはのんびりと子供時代を過ごした。

そのせいかどうか、お吉はお美代と口喧嘩《くちげんか》ひとつしたことがない。身体《からだ》も小さくひ弱で引っ込み思案のお美代は、いつもお吉のうしろに隠れ、お吉に手を引いてもらわないと、駄菓子屋にさえひとりでは行かれなかった。お吉はいつもお美代のことを気にかけ、たとえば近所の手伝いをしてご褒美《ほうび》にふかし芋をもらったという時でも、必ずお美代を探して声をかけ、ふたりで分けて食べた。お美代は、おつかいに行って帰り道で雨に降られたというだけで泣きべそをかくような少女だったから、お吉の暮らしの根本には、いつも、この年下の幼なじみを心細い気持ちにさせてはいけない――という思いが、金科玉条のようにして存在していた。

貧しいけれどうららかだった暮らしが壊れたのは、お吉が十六、お美代が十五の歳の秋のことである。二百十日の大風と大雨でいくつかの運河の堤が切れ、深川一帯は大水害に見舞われた。徳兵衛長屋も根太《ねだ》を流されて建物が傾き、住人たちは屋根に登って、ごうごうと荒れ狂いながら流れ行く泥水を逃れたのだけれど、このとき、逃げ遅れた独り住まいの老婆《ろうば》を助けようとして、お吉の父親が水に沈み、行方が知れなくなってしまったのだ。数日してようよう水が引いたあとも、彼は帰ってこず、亡骸《なきがら》もあがらなかった。

「おとっつぁんは死んじまったの？」お吉がたずねると、いつも気丈な母親が、このときばかりは顔をくしゃくしゃに歪《ゆが》めて、

「神様はどこにいなさるんだろうね」と、吐き捨てるようにして言った。それを今でも、

お吉はよく覚えている。

災難はしかし、それだけにとどまらなかった。水が引いた後、水害に付き物の疫病《えきびょう》が流行《はや》り始めたのである。盛んに吐いたり下したりして、食べ物も受けつけず、ぐったりと弱り切ってついには死んでゆく——という性質《たち》の悪い病だった。徳兵衛長屋でも多くの住人が倒れた。そのなかに、お吉の母親も、お美代も、お美代の両親も含まれていた。

もう一人前の娘になっていたお吉は、物狂いのようになって彼らを看病した。これという薬もなく、あっても高価《たか》くて手が出ず、できることと言ったら温かくして静かに寝かせ、ぬるま湯や重湯をとらせることとぐらいだ。それでもお吉の必死の思いが通じたのか、最初にお美代が、次にはお美代の父親が病から抜け出し、起きあがることができるようになった。

しかし、母親たちの病は重かった。とりわけお吉の母は、発病以来まったく枕《まくら》の上がらない状態で、水さえも欲しがらず、ただぼうっと天井《てんじょう》を見つめているか、とろとろと眠っているばかり。起きているときは、よく泣いた。勝ち気な人の、そこは意地なのか、声を出さず、弱音もはかず、けれども涙ばかりをぼろぼろと流して枕を濡《ぬ》らしていた。やっぱりおとっつぁんを亡《な》くしたことがよほどこたえているのだろうと、お吉は悲しく考えた。

まもなく、お吉の母は亡くなった。お吉ひとりでも抱き上げることができるほど、軽い身体になっていた。

徳兵衛長屋の修理が終わり、ようやく水害前と同じ暮らしができるようになったのは、その年の、もう木枯らしが吹くようになってからのことだった。その頃には、お美代の母親もよくなっていて、ひとりぼっちになってしまったお吉は、お美代一家と一緒に暮らすことになった。水害を契機に新たに建て増しされた徳兵衛長屋のいちばん東側、日ざしの明るく差し込む表通りの二階屋に、四人で移り住んだ。

そこでの暮らしは丸四年。ふた親を亡くした悲しみは消えないものの、お吉にとっては再び取り戻した平穏な日々がそこにあった。ひとつ屋根の下に寝起きするようになってからも、お美代との姉妹のような親しさには影ひとつ差さず、小さな言い争いをすることさえなくて、むしろもっともっと仲が良くなったようにさえ感じられた。この日々がずっと続いてくれるようにと、お吉は時折、水仕事や縫い物の手を休め、ひそかに目を閉じて祈ったものだ。だがしかし、祈る心の底の方に、父を亡くしたときの母の、あの険しい顔と暗い声がよみがえってくるのだった。

——神様はどこにいなさるんだろうね。

そう、どこにいなさったのだろう。たとえ近くにいたとしても、お吉たちの方を見てはおられないのではないか。新しい二階屋で四つ目の正月を越してまもなく、お美代の父親が足場から落ちて亡くなった時に、お吉はそう思った。神様はあたしたちの方を見てはいない、気にしてさえいないんだ、と。

女三人の働きでは、二階屋の家賃を払い続けることはできない。お吉たちは三度目の引っ越しを強いられた。徳兵衛長屋のなかをうろうろと住み移る彼女たちに、差配の徳兵衛は深い同情を寄せてはくれたけれど、彼の一存で家賃を負けるわけにもいかず、また裏長屋に舞い戻ったお吉とお美代に、

「あんたたちも大変だな」と声をかけるのが精一杯のところだった。

そして、お美代はここで母を送った。すり切れるような死に方で、老衰死と言っていいだろう。泣きじゃくるお美代に代わり、ささやかな弔《とむら》いの真似《まね》ごとの一切を仕切ったお吉は、たったふたりきりになってしまったお美代との暮らしに、どうかこれ以上悲しいことがないようにと、今度は祈るのではなく、ほとんど怒りをぶちまけるようにして念願した。これ以上辛《つら》いことを起こしたら、神様、あたしはただじゃおかないよ、と。

お吉とお美代はふたりで暮らし始めた。お吉は、昼は同じ町内にあるうどん屋のひさご屋でお運びをし、夜は仕立物や繕《つくろ》い物の賃仕事をした。お美代は徳兵衛のはからいで、山本町の南の東平野町にある材木問屋へ通いの女中奉公に出た。ふたりのどちらにも、住み込みの奉公の話があったのだが、ふたり一緒のところに行かれるならばいざ知らず、お美代はお吉のそばを離れることなど考えられない様子だったし、お吉にも、お美代ひとりを残してどこかへ行くつもりなどてんからなかった。だから、この形がふたりにと

っていちばんふさわしく、収まりも良かったのだ。

そうして夢を語り合った。いつかきっと、ふたりで小さな飯屋をやろう。また表通りの二階屋に暮らそう。一日中お日様があたって、じめじめしなくて、厠《かわや》の臭《にお》いもしなくて、通りからにぎやかな声の聞こえる家に。おとっつぁんおっかさんたちも、さぞかし喜ぶに違いないよね――

そういうところへ、まるでふってわいたように、お美代に縁談が持ち込まれたのだ。富岡八幡宮《はちまんぐう》の門前町の料亭・大黒屋へ後添いに入らないかと。

お美代が徳兵衛長屋に来ていることを知らせてくれたのは、徳兵衛の孫の新次だった。歳は七つ、まだまだ赤ん坊じみた童顔で、じっと黙っていると昨日までむつきをあてていましたという風情《ふぜい》のくせに、妙にこまっちゃくれた口をきくこの子は、お吉を呼び捨てにする。

「お吉、大黒屋のおかみさんが来てるぜ」

ひさご屋ののれんを分けて入ってきて、そう言ったのだった。

ひさご屋は、うどん屋にしては構えが大きい。主人夫婦と雇いの料理人である庄太、それにお吉の四人で切り回しているが、それでも手が回りきらないほど忙しいときがかなりある。新次が訪ねてきたのも昼時のそんな折で、お吉は額に汗して立ち働いていた。

「なんだ、その口のききかたは」

茹《ゆ》で釜《がま》の後ろでやはり大汗をかきながらざるを使っていた庄太が怒った。

「何度言ってきかせてもわからねえ奴《やつ》だな。大人を呼び捨てにするなんざ、どういう了《りょう》見《けん》だ」

新次はふんと鼻を鳴らした。「俺だって、うどんなんか食うやつの了見が知れねえや。つくるやつの了見はもっと知れねえ」

「なんだと」

庄太はこぶしを固めて板場から出てこようとした。しかしお吉は笑ってしまった。新次のことならよく知っている。

「あたしからよく叱《しか》るから、こらえてちょうだいな、庄太さん。本当に口が減《へ》らないね、新坊。腹はしょっちゅう減らしてるのにさ」

お吉の言葉に、店内にしつらえた腰掛けに座り、思い思いにざるうどんをすすっていた客たちがどっと笑った。正直なもので、桜の時期を迎えると、かけうどんよりもざるうどんがよく売れる。実際、美味《おい》しく感じるのだ。

新次は自分が笑われているのに、一緒になってけけけと笑った。「いくら腹が減っても、俺はうどんは食わねえよ。こんなもん、子供か病人が食うもんだ」

お客たちはまた笑った。誰かが「そうなんだ、俺はあといくばくもねえ病人だ」と言った。「だからざるのおかわりをくんなよ、庄太」

主《あるじ》夫婦に目顔で許しを求め、うなずいて応じてもらえたので、お吉は新次を連れてのれんの外に出た。強い春風で目にほこりが舞い込み、まぶしさもあって、お吉は手をひさしのように額にかざした。春なんだと、もう一度思った。

「大黒屋のおかみさんが来てるよ」と、新次はもう一度言った。「おじいちゃんが、お吉に知らせてやれって言ったんだ。もしもちょっと抜けられるようならば、会いに来たらどうかって。おかみさん、すぐ帰らなきゃならないみたいだからってさ」

「何しに来たんだろうね」

「知るもんか。みやげに清流堂の白雲母《しろうんも》を持ってきたぜ」

神田にある菓子屋の看板商品である。当然のことながら、値段はたまげるほどに高い。柔らかな餅《もち》をきらきら光る細かな氷砂糖のかけらで包んだ菓子で、白雲母という名もそこからきている。まだ一緒に暮らしていたころ、お美代が奉公先でこの菓子の評判を聞き、買い物案内を見て店を確かめて帰ってきた。一度食べてみたいもんだねと、ふたりで話し合ったことがある。お金を貯《た》めて、いつか買いに行こうよ。

お美代はそれを持ってきたのか。お吉はひどく寂しく感じた。お美代ちゃんがあたしの食べたがっていたものを覚えていて、わざわざ買ってきてくれたのだというふうには、どうしても思えなかった。彼我の差を思うだけで、喜ぶ気持ちにはなれない。

そうして、そういう自分がたまらなく嫌だった。

「あたしはお店が忙しくて抜け出せない」と、新次に言った。「よろしく言ってたって伝えておくれよ」

新次は大人びた顔で眉《まゆ》をつとつり上げた。

「ホントにそれでいいのかい？」

「うん、いいよ」

「じゃあ俺、そう言ってやらあ」くるりと背を向けて駆け出しそうになってから、肩越しに投げ捨てるみたいに言った。「お吉、元気出せってばよ」

お吉は笑い出した。「新坊は本当に生意気な子だね！」

そういう次第で、お吉と顔を合わせないままに、お美代は帰った。顔を見なかったことで、お吉の心はそれほど大きく乱れずに済み、忙しい夕を過ごして徳兵衛長屋に帰ってきた。

ところがそこに、また新坊がいた。今度は徳兵衛からの伝言があるという。

「夕飯が済んだらちょっと来てくれってさ」

「あら……あたし、店賃《たなちん》は溜《た》めてないよ」

「おじいちゃん、怖い顔してたぜ。お吉、なんか悪いことしてるんだろう」

「してたらどうする？」

「黙っててやるから、俺にも分け前をくんな」

「やだよ。だけど、お遣いのお駄賃に、あたしの漬けた梅干しを持っていってあげる。赤い梅だから、竹の子の皮が出回るようになったら、おあがりよ」

やわらかい竹の子の皮で赤い梅を包み、口にくわえて吸い出すと、しょっぱい味が長続きして、ちょっとしたおやつになる。新坊はこれが大好きだ。お吉も子供のころにはよくやったものである。

——お美代ちゃんと一緒に。

そう思って、苦笑した。嫌だ嫌だ、お美代のことは思い出したくない。もう違うところで暮らしている人だ。

独り住まいの夕食をそそくさと済ませ、梅干しを小さな壺《つぼ》に入れて徳兵衛の家に向かった。表通りの二軒長屋に並んで立つ二階屋で、板葺《いたぶ》きの質素なつくりではあるが、いつもこざっぱりと片づいている。

新坊はもう寝床に追いやられていた。徳兵衛はお吉を座敷に通すと、家人にしばらく声をかけないように言い置いて、お吉と向き合った。あら新坊の言うとおり、えらく難しい顔だとお吉は思った。

「今日、大黒屋のお美代が訪ねてきた」と、徳兵衛は切り出した。お吉は子供の頃からこの人を見慣れているが、当時も今も同じ、干《ひ》からびたような容貌《ようぼう》をしている。生まれた時からじじいでしたというような人だ。それでいて声は深く重みがあって、長屋の連中を説教するときは、とりわけ朗々と響きがいい。ところが今夜の徳兵衛は、その自慢の声をひそめていた。

お吉はふっと胸騒ぎのようなものを感じた。徳兵衛が話そうとしていることが何であれ、軽い話題ではなさそうだ。

「ええ、新坊に聞きました。元気そうでしたか」

「ああ、元気だったよ」徳兵衛はぼそぼそと言った。「実は、子ができたそうだ」

お吉は目を見張った。嫁げばいずれは子ができる。大黒屋の主人は、亡妻とのあいだに子がなかったので、お美代の産む子が跡取りだ。しかし、その嬉《うれ》しい話を、徳兵衛が闇夜《やみよ》よりも暗い顔で口にしたから、お吉は驚いた。

「おめでたい話じゃないですか。それで差配さんに挨拶《あいさつ》に来たんですね？」

「挨拶……ではないな」と、徳兵衛は言った。いくぶん口を尖《とが》らせて、怒っているようにも見えた。「相談に来たと言った方がいいだろう。身の振り方を。わたしゃあんたたち店子《たなこ》にとっては煙たいじじいだが、頼りがいがなくはないと思うからね」

それは徳兵衛の言うとおりである。が、そういう話題で、お美代が彼に何を相談しなければならないというのだろう。

お吉が口に出してそれを問う前に、徳兵衛が言った。「腹の子は、大黒屋の旦那《だんな》のたねではないそうだ」

お吉はぽかんとした。すぐには言われたことの意味がつかめなかった。ただ、まばたきを繰り返し、奥歯を食いしばったようないかつい顔をしている徳兵衛を見つめていた。

「どういう……ことなんです？」

やっとそう呟《つぶや》いたお吉に、徳兵衛は嫌な笑いかたをした。

「どうもこうもない。お美代は旦那以外の男の子供をはらんだんだ」

「そのことを、大黒屋さんは――」

「知らないし、子ができていること自体、まだ悟っても気づいてもいないとお美代は言っていた」

「いったいどういう事情で――誰の子なんでしょう」

口に出すのも嫌らしい言葉だったけれど、きかないわけにもいかないことだった。

徳兵衛は黙ってかぶりを振った。

「それは話してはくれなかったよ。だが、お店《たな》の奉公人かと尋ねたら、ちょっと怯《おび》えたような目をしたから、きっとそうだろう。昔から、あの子は図星を指されるとすぐに泣きべそをかくような顔をしたからね」

お吉はうなずいた。徳兵衛もお美代を知っているが、お吉はもっとよく知っている。

「大黒屋の旦那さんと、惚《ほ》れて惚れられて一緒になったのに」

「しかしあれはお美代の方から出た気持ちじゃなかったろう。あれはおぼこだったからな。巻き込まれてぽうっとなっちまっただけだ。少し落ち着いて、分別もついたら、今度は本物の色恋をしちまったというところかな」

「それで、どうしたらいいか相談に来たってわけですね？　差配さんはどうおっしゃったんですか？」

徳兵衛は痩《や》せた腕を胸の前で組むと、お吉の顔から目をそらした。

「あんたのしたいようにするしかないだろうと言ってやった。旦那に打ち明けたいならそうする。黙っていたいならそうする。ただし、相手の男とは手を切った方がいい、そうでないと先々きっと露見して、とんでもないことになると言ってやったよ」

「だけど、相手がお店の者なら、手を切りようがないでしょう。いくら大黒屋の旦那がお美代にぞっこんだと言っても、あの奉公人をお店から追い出してください、理由は言えませんというのじゃ、通りませんよ。かえって疑われるだろうし……。それに、そんなことをしたら男の方だって黙ってないでしょう」

「そりゃあどうかな。主人の妻と密通したなんてことがわかったら、獄門行きだ」

「だけど、だからこそ捨て鉢になったら何をするかわかりませんよ」

「うむ……」

徳兵衛は俯《うつむ》いて目をつむった。

「あんたには、顔向けできないと言っていた」と、ぽつりと言った。「せっかくあたしをお嫁に出してくれたお吉ちゃんに申し訳ないとね。新次にあんたを呼びに行かせたのは、わたしが無理にやったことなんだ。あんたにもいてもらった方がいいと思ってね。お美代はひどくあわてて、あんたが来ないうちに帰ると言っていた。まあ、あんたは来なかったけれど」

徳兵衛の口調に、お吉を責めるような響きがあった。お吉はちょっと肩を揺すった。

「本当にお店が忙しかったんです。それに、お美代ちゃんはあたしには聞かせたくないって言ってたんでしょう？　それと、あたしがあの人をお嫁に出したっていう言い方もおかしいですよ。あたしはあの人の身内じゃないし、何もしなかった。支度はみんな大黒屋さんがやってくれたんじゃありませんか」

後添いとは言え、大黒屋のような立派な店のおかみに、どこの馬の骨とも知れない娘を迎え入れるのは大変なことだった。お店のなかからも、大黒屋の親戚《しんせき》筋からも、根強く強硬な反対があった。それらのひとつひとつをねじ伏せるようにして、大黒屋の主人は自分の意志を通したのだ。それもひとえに、彼がお美代に惚れ込んでいたからだった。

大黒屋の主人は、お美代が通い奉公をしていた材木問屋の主人と、長年のあいだ碁敵《ごがたき》の間柄であった。それで材木問屋に出入りしているうちにお美代を見初めたのである。

歳《とし》はお美代より二十も上だ。

お美代は整った顔立ちをしている。ふたりで暮らしていたころ、浅草へお参りに行って、風に巻かれて飛んできた美人絵を一枚拾ったことがある。描かれていたのは、当時評判の高かったここの門前町の茶店の看板娘で、お吉もこの娘の名を知っていた。けれどもそのときつくづくと美人絵を見て、「これくらいなら、お美代ちゃんの方がずっときれいだ」と言った。お美代ははにかんだように笑った。

あとになって、後添いの話が持ち上がった時、大黒屋の主人を強く惹《ひ》きつけているものは、もちろんお美代の可愛《かわい》い顔立ちもそうだろうけれど、彼女持ち前の、自分で自分のそういう魅力に気づいていないような、あのはかなくて気弱な風情《ふぜい》ではなかろうかと、お吉は考えたものだ。

しかし、大黒屋がお美代をその翼の下に保護するまでには、越えねばならない難関が山ほどあった。周囲の反対者たちと幾度となく話し合いを繰り返し、折り合いを付け、引き下がるところは引き下がる――なにしろ、先妻を亡《な》くしたあと、十年以上もやもめを通してきた大黒屋が、突然若い嫁をとると言い出したのだ。様々な立場の、いろいろな人の思惑《おもわく》や計算が破れた。このまま後添いが来ずに跡取りがなければ、大黒屋の身代が転がり込んでくるかもしれない――と、早計な皮算用をしていた親戚筋からの反対は、欲がからんでいるだけに、いっそあられもないほどに激しく執拗《しつよう》であった。ちょっと醒《さ》めた目で眺めるならば、大黒屋の主人はよくまあ頑張ったものであると思えてくる。

お吉は、このときの話し合いや段取りのすべてに、まったく関わりを持たずに過ごした。それが大黒屋側の出してきた条件だったからだ。大黒屋の一挙手一投足に利害のからんでいる親戚筋にとって、お美代は天涯孤独の女でなければならなかった。彼女に、食い詰めている身内や親戚が大勢ぶらさがっていて、大黒屋がそれらのおまけまで一緒に引き受けることなど、決してあってはならなかった。

事実、お美代には血のつながった家族はもういない。お吉は本当の姉ではない。お吉の側に、お美代の幸運をあてにしようという気持ちはまったくなかった。だから、本来ならわざわざ大黒屋からそんなふうに念を押されなければならない理由はなかった。あんたは身内じゃないんだから、もうお美代には関わらないようにと言い渡されて、当時、お吉は腹の底で静かに怒り狂ったものだ。あたりまえじゃないか、そんなこと。

しかし、お美代本人は、そこのところをどう考えていたのか。お吉をひとり残し、玉の輿《こし》に乗って去ってゆくことを。

それがお吉にはわからない。当時もわからなかったし、今もわからないままだ。

一緒に暮らしていたころ、時には真剣に、時には冗談混じりに、ふたりでひとりの男を取り合ったらどうしようとか、どっちかが先にお嫁に行って、ひとりが取り残されたら寂しいとか、話し合ったものだ。ふたりとも年頃で、淡い恋を経験したりもしていたから、これは切実な問題だった。

　そんなとき、お吉はいつも、お嫁に行くのはお美代ちゃんが先だろう、そしたら遠慮することはない、一緒にお店をやろうという夢は、何十年もかけてかなえればいいんだからと言った。ただ、あんまり遠く離れたところに住まないようにすればいいじゃないか、と。

　けれどもお美代は、お吉がちょっと心配になるくらいの真面目《まじめ》な顔で、まるで誓うような調子でこう言った。あたしはお嫁になんかいかない、ずっとお吉ちゃんと一緒にいる――

「けど、好きな人ができたらどうするの」

「できても、その人とは一緒にならない」

「どうしてさ？　もったいないじゃないの」

「好きな人と一緒になって、その人に先に死なれたら悲しいもの。おとっつぁんやおっかさんみたいに」

　お美代は涙ぐんで言った。

「だけど、お吉ちゃんはべつよ。火事や水害や流行り病があっても、お吉ちゃんだけは先にいかずにあたしと一緒にいてくれた。お吉ちゃんだけは特別なんだ。神様が、お吉ちゃんだけはあたしから取り上げないでいてくださる。お吉ちゃんだけはどこへも行かない。だから、あたしはお吉ちゃんと一緒にいる」

お吉はこの言葉に心を揺り動かされた。同時に、父母の死によって、お美代の心に埋めきれないほど大きな穴が空いてしまっていることを悟った。

だからお吉は、お美代ひとりを残して先に嫁に行くようなことはするまい、あるいは本当に一生お美代とふたりで暮らしたっていいんだというぐらいにまで考えるようになった。それだけに、大黒屋から話が来て、それをお美代がすんなり受けたとき、正直言って肩すかしをくらったような気がしたものだ。

嘘《うそ》でも、口先だけでも、形だけでもいいから、お吉ちゃんをほっぽり出してあたしだけ玉の輿に乗るなんて、できない――そう言ってくれたって、罰は当たらないじゃないかと思った。そう言ってさえくれたなら、何を世迷《よま》い言をお言いだよ、あたしのために目の前の幸せを棒に振ることはないじゃないかと、お吉は笑ってやれただろう。だが、お美代は言わなかった。ぼうっと上気したような顔をして、大黒屋の主人がいかに優しいか、いかに実があるかということばかり熱心にしゃべった。相手の情にほだされて、すっぽりと恋をしてしまったのだろう。そしてあたりまえの話だが、男女の恋のあいだに第三者の入る隙間《すきま》はなかった。たとえそれが幼なじみであろうとも。

「念には及ぶまいがね、お吉」と、徳兵衛が低い声で言った。お吉は顔をあげた。

「なんでしょう?」

「おまえ、このことを迂闊《うかつ》に人にしゃべっちゃいけないよ。大黒屋さんの耳に入ったら大変だ」

お吉はかっとなった。「そんなこと、言われなくてもわかってますよ！」

徳兵衛はお吉の顔を見つめていた。お吉も老いた差配の顔をにらみ返した。そしてそのとき初めて、告げ口という手段があるということに気がついた。大黒屋に御注進すれば、お美代の幸せな暮らしをひっくり返してしまうことが出来る——

徳兵衛は、お吉のなかに、そんなことをやりかねない気持ちが隠れていると思っている。だからお吉を見据えている。そうして、お吉自身も、徳兵衛のその勘が、まったくはずれてはいないことを知っている。いや、たった今知らされた。自分で自分の胸の内をのぞいてみたら、そこにあったのだ。

「しやしませんよ、そんなこと」と、お吉は力無く言った。

お吉はずいぶん考えた。

夢も見た。大黒屋の主人と差し向かいで、大汗をかきながら何かをしゃべっている自分の夢を。大黒屋の主人は幽霊のように白い顔をしており、お吉は大笑いをしている。下卑《げび》た笑いだ。はっとおののいて目を覚ましたあとも、しばらくのあいだ自分のその笑い声が耳の底に残っていた。胸が悪くなった。

桜の季節が巡ってきて、去ってゆく。その間中、お吉はずっと考え続けた。徳兵衛長屋に舞い込んでくる浄心寺の桜の花びらは、あの日あんなにも美しくお美代の髪を飾ったけれど、お吉が日々を暮らしてゆくなかでは、無数の花びらは、毎朝掃除して片づけなければならない薄汚れたごみでしかない。それがこの春は、とりわけ惨めに暗く感じられた。繰り返し見る夢と、その夢のなかの自分の下卑た笑い声のせいだ。

それがつくづく、嫌になった。

庄太と所帯を持って、ふたりでうどん屋をやったらどうか——というのは、もう久しい以前から持ちかけられていた話だった。

仲人《なこうど》役は、もちろんひさご屋の主人夫婦である。庄太の腕前は確かなものだし、真面目な男だ。彼がお吉を憎からず思っていることを、主人夫婦は気づいていた。

当の本人のお吉は、もっとずっと先から気づいていた。お吉も庄太の人柄を信頼していたし、一緒にいれば楽しくもある。ただ、大黒屋に嫁いだときのお美代みたいな、ぼうっと頭に霞《かすみ》がかかったような感じになったことはない。だから踏み切れないでいた。ああいう心持ちにならないまま所帯を持ったら、いつかどこかでひどく後悔するような気がしたのだ。

だけれど、敢《あ》えてそれを踏み切ろうと思った。庄太さんさえ異存がないならば、あたしをお嫁にしてほしいと、主人夫婦に返事をした。

「ただ、ひとつだけお願いがあるんです」

「なんだね」

「ふたりで店を出すなら、深川を離れたいんです。ひさご屋とお客を張り合うのは嫌だもの」

主人夫婦は笑って承知してくれた。庄太にも否《いな》やはなかった。彼はひどく照れて、お吉がふっと涙ぐんでしまうくらいに、嬉《うれ》しそうな、優しい顔をした。

若夫婦の店は、山本町よりずっと北の、本所一ツ目之橋の近くに出すことに決まった。話はすいすいと進み、お吉は日々を忙しく、あわただしく過ごした。時折、割れ目からこぼれるようにしてお美代の一件を思うこともあったけれど、そんなときは頭を振って、目をつぶって、心に浮かんだものを追い出した。

貧乏人のことだから、所帯を持つといっても儀式ばったことはやらない。ふたりで徳兵衛のところへ挨拶《あいさつ》に行くと、彼はとても喜んで、祝いの金を包み、お吉のために着物を一枚こさえてくれた。徳兵衛は日頃、どちらかというとしわい屋の方だから、これには驚いた。

その月の終わり、いよいよ長屋を立ち退《の》くために、お吉がささやかな荷物をまとめているときに、徳兵衛が顔を出した。

「ちょっといいかい?」

がらんとして火の気もない部屋で、お吉は彼と向き合った。

「よかったねえ、庄太はいい男だ」

「よく働く人ですからね」

徳兵衛はゆっくりとうなずくと、お吉の顔を見た。いつぞやの、あの探るようなそれではない、柔らかな目をしていた。

「庄太との話がなくても、あんたはひとりでもここを出ていくつもりだったんだろうね?」

お吉はちょっと目をしばたたき、それから微笑した。「さあ……どうでしょうね」

「まあ、どっちでもいいことだが。でも、ひとりで出て行くより、ふたりの方がよかったさ。お美代のことがきっかけになって、あんたが庄太と添ってみる気になったのは、目出度いことだよ」

「差配さん……」

徳兵衛は骨張った手をひらひらと振った。

「いいんだよ。あたしはね、お吉、一度だって、おまえがお美代のことを大黒屋に告げ口するなんて思ったことはない。だけど、あたしがおまえを疑っているふうに見せかけた方がいいって、そう思ったものだからね。だからあのとき、あんな言わずもがなのことを言ったのさ。すまなかったね」

「あたし、思ってましたよ。告げ口してやることもできるって」と、お吉は言った。

「だけどやらなかったじゃないか。その代わり、深川を離れていこうとしている。いかにもおまえらしいね。おまえならきっとそうするって、お美代も言っていたよ」

お吉ははっと背中を伸ばした。

「お美代ちゃんが？」

徳兵衛は真顔になった。「考え違いをしちゃいけないよ。お美代は、おまえさんを深川から追い出そうと思ってあんな打ち明け話をしに来たわけじゃない。ただ、こんな話を聞いたら、きっとお吉ちゃんはこの土地を離れるだろう、そういう人だと言ったんだ」

「あたしが……告げ口してやろうかどうしようか迷って、結局そういう自分が嫌になって、お美代ちゃんから離れて別のところへ行くだろうって？」

「そうだよ」

お吉はなんだか胸がざわざわしてきた。いったい、お美代は何を考えていたのだろう？

「お美代は言っていたよ」と、徳兵衛は続けた。「あたしはお吉ちゃんを裏切った。自分のことばっかり考えて、夢中になっちまって。そのことはずっとすまないと思ってるってな。だから、もしもお吉ちゃんがこのことを大黒屋に言いつけたとしても、恨んだりしない、むしろ、それで借りが返せたような気がしないでもない——」

　徳兵衛は苦笑して、

「でも、お吉ちゃんは告げ口なんかしないだろうなあ、それより、深川を離れてしまうだろうなあと笑っていた。それはそれでいい、あたしが大黒屋を追い出されるところなんか、お吉ちゃんに見られたくないものって、お美代め、妙に悟ったような顔をして言っていたよ」

「じゃ、そのために、お美代ちゃんはわざわざあんなことを言いに来たんですか？」

「お美代らしいな。あいつめ、うちの新次を通して、長屋の様子をしょっちゅう聞いていたらしい。新次はあのとおりのこましゃくれた子供だから、結構役に立ったろう」

　では、お吉と庄太の縁談話も聞き知っていたのかもしれない。

「お美代なりに、てんびんの釣り合いをとろうとしたんだろうよ」と、徳兵衛は言った。

「てんびん？」

「ああ。お美代ばかりがあがっちまって、おまえは低いところに下がっちまった。だけどこればっかりはしょうがないのになあ」

　馬鹿《ばか》な娘だと、徳兵衛は呟《つぶや》いた。

「いったい誰の子をはらんだんだろう。嫁いでしまってから、大黒屋には自分の居場所がないことに気づいたんだろうが、だからって——」

「黙って、大黒屋さんの子として育てればいいじゃないですか」と、お吉は言った。

「それでいいんですよ。そのために、あたしはここを出ていくんだもの」

「さあ、どうかね」と、徳兵衛は言った。

「先のことはわからん。わからんが、お吉、おまえはもう関わっちゃならんよ。もう、それでいいんだ。お美代もそれを望んでいたんだからな」

お吉は目を伏せて、自分の両手を見つめた。たぶん、徳兵衛の言うとおりなのだろう。この手を使って、お美代とお吉の人生のてんびんを、ふたりの都合のいいように釣り合いをとることなんて、もうできはしないのだ。

「お店を開いたら、差配さん、来てくださいね」と、お吉は言った。ああ行くともと、徳兵衛は言った。

それきり、ふたりとも黙っていた。聞こえてはこないお美代の声に、そろって耳を澄ますようにして、ただ静かに座っていた。

砂《すな》村《むら》新《しん》田《でん》

ふたりで一本の番傘の下、堀割沿いに歩きながら、お春は雨に濡《ぬ》れていた。曲がり角を折れるときや、向かいから来る人とすれ違うときなど、おきんおばさんの身体《からだ》に押されて、ちょいちょい傘からはみ出してしまうのだ。こんなことなら、破れて骨が見えているものでもいいから、家《うち》から傘を持ち出してくればよかったと思った。

梅雨の最中の細かい雨は、いっこうに止《や》む気配も見せない。灰色の空を正直に映す堀割の水の上にも、右手に続く町屋の板葺《いたぶ》き屋根や軒先の看板の上にも、じわじわと降り続けている。あまりに小さすぎて一つ一つの正体は見えない雨粒は、しかし、袖口《そでぐち》や裾《すそ》からいつのまにか忍び込んできて、お春の身体を少しずつ冷やしてゆく。

気がついたらずぶ濡れというこの気質《たち》のよくない雨は、あたしの家に降りかかったこのところの厄介事とよく似てる——と、お春はふと考えた。数えで十二歳の頭に浮かんだこのたとえは、本人の心にも、ずいぶんと大人びたもののように感じられたけれど、一方では、そんなたとえを思いついたことが得意にも思われて、ほんの少しではあるけれど、沈みがちな気分を引き立ててくれた。あたしは今日から奉公に行く、あたしは今日から一人前だ、と。

「あんた、今朝はご飯を食べてきたかい」

おきんおばさんが訊《き》いた。立ち止まっていた。向こうからやってくる大きな荷車をやりすごそうとしているのだ。ぼうとしていたお春は、あわてておばさんにあわせて足を止めたけれど、それでまた、すっかり傘からはみ出した。

「食べてきました」と、お春は答えた。

今日から奉公といういわばお目見えの日に、空《す》きっ腹が鳴ったりしたらみっともないからと、おっかさんが、もらいものの残り飯を水で洗って食べさせてくれたのだ。それは大事な残り飯で、本当なら重湯にしておとっつぁんとおちかと源坊のご飯になるはずのものだった。だから、おっかさんが目の前に飯を盛ってくれるそのときまでは、「いらないよ」と断ろうと思っていたのだけれど、水で洗った飯が艶《つや》やかに白く光っているのを見てしまったら、手をつけずにはいられなかった。

「先様《さきさま》じゃ、ごはんは出ないからね。あんたは通いで昼間だけの奉公だから。あのお屋敷じゃ、奉公人は一日二食なんだそうだ」

おきんおばさんは、目の前の荷車に目を据えながら、ぱきぱきと言った。荷車は地面のぬかるみに車輪をとられ、ぎちぎちと鳴るばかりでなかなか前に進まない。頭を手ぬぐいで包んだ引き手の顔や肩は、雨と汗に濡れて飴色《あめいろ》に光っている。

「わかってます」と、お春も荷車に目をやりながら返事をした。

この荷車には何が積んであるんだろう。藁《わら》で包んで荒縄で縛った四角いものが、ぎっちりと並べてある。ひどく重そうだ。でもこれを引いて持っていかない限り、引き手は金をもらえないし、今日のおまんまにはありつけない。仕事というのはそういうもので、雨でも天気でも暑くても寒くても、ひと言も文句を垂れたりしてはいけないのだと、おっかさんは言っていた。

「ちょいとあんた、早く行っておくれよ」

焦《じ》れたのか、おきんおばさんが引き手に声をかけた。

「こっちは子供連れなんだ。こんなところに突っ立ってたら風邪を引かせちまう」

引き手は手ぬぐいに包まれた頭をちょっとこちらに振り向けて、おばさんの顔を見たようだった。それきり、何も言わずにうんと力を込めて荷車を引いた。うるさそうなおばさんだと思ったのだろう。

ようやく荷車が動き、道が開くと、おきんおばさんはとっとと歩き出した。傘も先に行ってしまう。お春は面倒くさくなって、もう傘に入れてもらわなくてもいいやと思った。

するとおばさんが振り向いて、声をあげた。

「何してんの、濡れるじゃないか。もたもた歩いてるんじゃないよ。女中はね、そういう牛みたいにどろんとしたことじゃ務まらないんだ。さっさとお歩き」

お春はおばさんに駆け寄った。そうしてまた身体半分濡れながら歩いた。おっかさんなら、けっしてこんなことはしない。自分が濡れてもお春に傘をさしかけてくれる――それを思ったとき、どんなに（一人前だ）と自分を勇気づけてみても、やはり、ひとりで世間様に出てゆくことの心細さが身にしみてきた。


お春の一家は深川海辺大工町の長屋に住んでいる。元は石置場だったところなので、今は違う地主の持ち物なのに、ずっと石屋長屋と呼ばれているところだ。おとっつぁんは角造、おっかさんはお仲。おとっつぁんは早くにふた親を亡《な》くして苦労しているし、おっかさんはこの深川の生まれで、もともと貧しい育ちだけれど、その分、身を惜しまない働き者である。

お春のふたつ年上の兄ちゃんの忠太は、去年の春から小川町の講武所近くの筆屋に住み込みで奉公にあがっているが、下にはまだおちか、源太と二人の子供がいる。おまけに源太はようよう乳離れしたばかりの赤ん坊だ。子沢山の常でかかりは多い。暮らしは楽な方ではなかった。それでも、かつかつながらも楽しく暮らしていたのだ。皆が元気で、おとっつぁんが達者に働いていたころは。

角造は屋根職人で、その道に入ってもう二十五年ほどになる。まだ十になるやならずの歳《とし》に親方の元に預けられ、そこで一から鍛えてもらった。一人前になってからは、親方に代わって人を使い、仕事の指図をすることもあり、もちろん、腕前の方も高く買われていた。親方は、お武家さまのお屋敷やお寺さん、大店《おおだな》など本瓦《ほんがわら》葺きの仕事をよく手がける、いわば大きな請負をする職人なので、その片腕となれば、角造の稼ぎもなかなか大したものだった。

ところがその角造が、どうしたことか目を病み始めた。ちょうど一年ほど前のことである。目が霞《かす》んでものがよく見えない、と言い出したのだ。

最初のうちは、ちょっとした眼病だと思っていた。格別、目が赤くなるわけでもない、痛いもかゆいもない。ただ、朝起きるとやたらに目やにが出るし、涙がにじみやすくなったようだという。なあに大したことはない、お仲も子供たちも、きっとすぐに治るだろうと思っていたのだ。

事実、角造も、最初にそんなことを口にしたあと、そう時をおかずに「治った」と言った。「もう大丈夫だ」と。だがしかし、その「大丈夫」は強がりと、女房子供に心配をかけないための方便で、実際にはどんどん霞み方がひどくなっていたのである。お仲たちがそれを知ったのは、その後夏の半ばになって、彼が足場から転がり落ちて足を折ったときだった。

そのときも角造は、目が見えにくくて足場から落ちたのだとは言わなかった。たまたま手がけていたのが銅板葺き屋根だったので、銅《あかがね》にお天道さまが当たってまぶしくて目がくらんだのさと言っていた。だが、お仲も伊達《だて》に屋根職人の女房をやってはいない。角造の言葉に嘘《うそ》の匂《にお》いを感じて、親方にも相談し、それとなく回を重ねて問いかけると、とうとう彼も白状をした。実を言うと、目はよくなっているどころかどんどん見えにくくなっており、どうかすると、一尺も離れると、それが鑿《のみ》であるのか金鎚《かなづち》であるのかさえわかりにくいほどだという。

どのみち、足が治るまで仕事はできない。親方はひどく心を痛め、休んでいるあいだも手当を出すから、しっかり治して戻ってこいと言ってくれた。それだけでなく、眼病をよく治すという評判の町医者に紹介もしてくれた。その先生の診立《みた》てによると、角造の目のなかの水が濁っており、それで見えにくくなっているのだという。治療は難しいし時もかかるが、治る見込みはあると請け合ってもくれた。

それを聞いてほっとした。それに、足の方さえよくなれば、自分が屋根にあがることはできなくても、指図や手配はできる。角造はとにかく治療に専念した。親方もきちんと手当を出してくれた。医者に金がかかるので、また一段と暮らしはきつくなったけれど、ひどく不安を感じるほどのことではなかった。

だが、じわじわと身体を濡らす小糠雨《こぬかあめ》そっくりに、悪いことは忍び込んできた。秋口になって、親方が倒れたのである。軽い卒中のようで、すぐには命をとられはしなかったものの、寝付いたままになってしまった。気丈な親方は、寝床のなかからあれこれと指図を飛ばし、角造の兄弟子の職人を頭《かしら》に立てて、仕事を割り振りした。そのころには、まだ目はよくないが足の方は治っていた角造にも、兄弟子と力をあわせて仕事を仕切ってくれるようにと言ってきた。

ところが、親方はどれほど親切でも、仕切る人が代わればどうしようもなく変わってしまうことがある。頭になった角造の兄弟子は、次第次第に、自分の育てた子飼いの職人ばかりを重宝に使って、角造を邪魔にするようになった。こうなると、気の強い角造も突っ張ってしまい、もらうべき仕事や金をもらい損ねるようになった。暮らしはさらに、もう一段苦しくなった。しんねりむっつりと、貧という字がお春たちの家に忍び込み、最初はあがりかまちに片足を、次に両足をかけ、そしてあがりこみ、とうとう腰をおろしたのだ。

あとは「貧」の思いのまま、さらに追い打ちがかかった。兄弟子が、それまで親方が出してくれていた手当まで、働けない職人に金をやることはない、それではほかに示しがつかないと、勝手に打ち切ってしまったのである。怒った親方がいくら寝床で怒鳴ろうと、動けなくては勝負にならない。また角造も変なところで意地を見せてしまい、そっちがそういう了見なら、また足場にあがれるようになるまでびた一文もらいやしねえと大見得を切ってしまった。ここで、角造一家の生計《たつき》の道は切れたのである。

それまでも内職の賃仕事などで家計を助けてきたお仲は、外に働きに出た。大川端にある小料理屋の仲居である。夕暮れから夜はそこで、朝から昼はまた別の、長屋の近くにある一膳《いちぜん》飯屋で働く。忠太の奉公先からもいくぶんの前借りをして、角造の治療費に充《あ》てた。お春もおっかさんに代わって家の中を仕切る傍ら、しじみ売りだの使い走りだの子守だの、できることはなんでもやって暮らしを支えた。気の毒がった親方が、時折こっそりとくれる金子もありがたく、一家はなんとか暮らしていたのだが——

けちというのは、とことんつくものだ。

その親方が、この正月明けにぽっくりと逝《い》ってしまったのである。まだ霞む目をおして葬儀の手伝いに行った角造に、兄弟子はあっさりと言った。たとえ目が治っても、もううちでは仕事してもらうことはねえ、と。角造一家は、完全に、頼る人も心の支えさえも失ったのである。

お仲ひとりの稼ぎと忠太からのなけなしの仕送りでは、もう一家の口を養ってゆくことはできない。そんなことは、春先からわかっていた。それでも角造は、お春を奉公に出すことに、なかなかうんと言わなかった。今までどおり、家事のあいだに手間仕事をしてくれればそれでいい、子供の稼ぎをあてにするおとっつぁんじゃねえ、この目だってすぐによくなるよ——そんなことばかり言っていた。

だが暮らしは詰まるばかりだ。もう強がりは通じない。寝る間を削って働いているお仲は、このころにはもう、見るからにげっそりとやつれていた。角造の世話と家事の一切は、前に増して重くお春の肩にのしかかってきたが、あたしも働きたい、おあしを稼ぎたいと、子供心にも思うようになった。

そんなところに、そう、ちょうど半月ほど前のことだったろうか、お仲と同じ小料理屋で働いているおきんが、彼女の遠縁に当たる砂村新田の地主の家で、下働きの女中を捜している――という話を持ってきたのである。先様では通いでもいいと言ってるから、角造さんやおちかちゃんや源坊の世話をしながらでも、お春ちゃん、働けるんじゃないかね、と。

それだけじゃない、さらにもうひとつ、おきんはお春には初耳の話を持ってきた。おっかさんにはだいぶ借金があるらしいということだ。どこから借りているのか、詳しいことまでは、話を漏れ聞いただけのお春にはわからなかったが、むろん、暮らしのために借りたのに決まっている。そして、それを聞いてしまっては、たとえおとっつぁんがどれほど怖い顔で止めても、自分を情けながって荒れてわめいても、お春はこの通い奉公の話を受けないわけにはいかなかった。

そうして今、おきんおばさんに連れられて、顔や手足をなでるように降りかかる冷たい雨に濡れながら、お春は砂村新田へと歩いている。うつむきがちになるのは顔に当たる雨が冷たいせいで、悲しいからじゃないと、心に言い聞かせながら。

こうして始まったお春の奉公先での仕事は、おもに洗濯と厠《かわや》の掃除をすることだった。地主の家は家族も他の使用人も多く、おまけに生まれたばかりの赤子もいたので、洗濯物は、日々のおしめの量だけでもたいへんなものになる。なるほど、これらの始末をするために人を雇おうというのなら、金と手間のかかりの少ない通いの女中で充分だろう。お春は、奉公始めのその日から、それこそひと息つく間もないほどに追い使われることとなった。

それでも、実際に働いてみると、案じていたほどのことはなかったな——と感じるようにもなってきた。もともと、家事はやりつけて慣れている。梅雨時のことなので、家では洗濯物を乾かす場所がなくて困っていたが、地主の家では空いている座敷をひとつ物干し部屋のようにして使っていたので、その点ではむしろ、家にいるより楽なくらいだった。黙々と洗濯や掃除をするだけの立場なので、知らない人と関わる気苦労も少ない。

朝は暗いうちから家を出て砂村新田に通い、日の落ちる頃に帰される。砂村への往復の道のりはいつもひとりぼっちで、お春の小さい足にはけっして楽な距離ではなく、辛《つら》いと言えばこれがいちばん辛いことではあった。しかし、眠気の覚めない頭で、あるいはくたびれきって痛む背中をなだめながら、砂村新田の細いあぜ道を歩いているとき、それでもお春は、誰を相手にでもなくにっこりとほほえんでみることがあった。あたしは稼いでる、これでおあしがもらえる——と考えながら。

　おきんの言っていたとおり飯は出なかったけれど、台所を仕切っている年輩の女中がお春を哀れんで、時折ふかし芋や団子などを食べさせてくれたので、そのあたりも大いに助かった。また驚いたことに、お春が奉公を始めてから半月ほどのあいだに、おきんおばさんが二度ばかり顔を見せた。地主は彼女の遠縁の家だというから来てもおかしくはないのだが、来る度にお春を呼んで、ちゃんと働いているか、困ったことはないかと訊《き》いてくれる。お春に仕事の口をきいた手前、不始末があってはまずいと思っているのだろうけれど、おきんおばさんもそう悪い人じゃないんだなと、お春はちょっと見直した。世間様とは不思議なものだ。

　そういう次第で、梅雨が明けて夏の日差しが照りつけるようになったころには、すっかり女中奉公が板についていた。洗濯だけでなく、時には使い走りなども頼まれるようになった。他の女中たちのように寄り道などせず、日々の砂村通いで丈夫になった足で、とっとと出かけてとっとと帰ってくるお春は、地主の家にとっても重宝《ちょうほう》な存在なのだろう。

　使い走りに行く先は、たいていの場合、日本橋の近くにある薬種問屋だった。赤子の母親つまりこの家の嫁が、産後の肥立《ひだ》ちが悪くてずっと寝付いているのだが、その嫁に飲ませる薬を受け取りにゆくのである。処方は決まっており、払いは月末に地主の家の番頭役の者がまとめて済ませるので、お春はただ行って帰ってくるだけでよかった。それでも時々、番頭役から駄賃をもらえることがあり、大汗を流して走るように往復するだけの甲斐《かい》はあるというもので、お春としては、「お使いにいってくれ」と頼まれるのを心待ちにする気分だった。頼まれれば、いつでもすぐにはせ参じた。

そしてお春が、ある奇妙な男と出くわしたのも、そんな使い走りの道中のことであった。

その日は朝から暑かった。お天道さまには照りつけられ、カラカラに乾いた道から漂い昇る熱気にあてられ、どうかするとめまいを感じるほどだった。お使いを命じられて地主の家を出るとき、たすきがけをとって歩き出したお春だったが、すぐにもう一度たすきをかけなおし、袖《そで》を大きくめくりあげて腕をむき出しにした。

薬種問屋で薬を受け取り、それをしっかり懐《ふところ》に納めてとって返す。乏しい日陰を拾って歩いたが、さすがのお春も、足取りが鈍りがちになった。汗だくで喉《のど》は干上《ひあ》がっている。地主の家に戻ったら、洗濯場へ出て、井戸の水をひとりで底まで飲み干してやろうと思った。

深川へ入り、新高橋、扇橋を渡り小名木川沿いに歩いて、地元で八右衛門《やえもん》新田と呼ばれているあたりで、どうにも暑さに参ってしまってひと息いれた。砂村新田まではあと少しだ。道ばたの痩《や》せた柿《かき》の木の木陰に入り、手ぬぐいで顔や首筋の汗を拭《ふ》く。どこかで牛が眠そうな声で鳴いており、道には乾ききった馬糞が落ちている。青々とした新田には、日を照り返す笠《かさ》をかぶった人影が点々と散っている。お天道さまは今、お春の頭の真上にある。

田圃《たんぼ》の用水で冷たく濡《ぬ》らした手ぬぐいに顔を埋め、火照《ほて》る頬を押さえてほっと息をついていると、ふと、遠くの方から人影が近寄ってくるのに気づいた。日盛りの、ほかに人気のない道に、薄い灰色の着物の裾《すそ》が、ふわりと風にはためいたのが見えた。

人影は男のようである。お春がこれから行こうとしている方向から、お春が来た方向へと歩いてくる。近づいてくると、その人が着物と対《つい》の羽織を身につけているのがわかった。この暑いのに、ちゃんとした身なりをしているところを見ると、どこかの地主の家を訪ねた客だろう。

お春が冷たい手ぬぐいで首のあたりをぬぐっていると、男はどんどん近づいてきて、目の前を横切っていった。それから、お春からちょっと離れたところで、つと立ち止まった。なんだろうと横目で様子をうかがうと、男の雪駄《せった》の真っ白な鼻緒が見えた。足袋《たび》ははいておらず、むき出しのくるぶしの骨が妙に飛び出していた。

雪駄の足音はすたすたと遠ざかってゆく。お春は顔をあげ、手ぬぐいをたたんでパンとはたいた。帰るまでには生乾きになるだろう――

と、そのとき、声をかけられた。

「おまえ、お春ちゃんか？　お春ちゃんだな？」

驚いて、お春は顔をあげた。さっきの灰色の着物の男が、二、三間行ったところで足を止め、しなをつくるみたいに身体《からだ》をよじってこちらを振り向いていた。

お春と目があうと、男は笑顔になった。

「ああ、やっぱりそうだ。お春ちゃんだ」

まったく知らない男である。整った顔をしているが、肌は生白く、ひどく痩せこけていて、まるで、かんかん照りの下に間違って迷い出てきた幽霊みたいだ。なんでこの人が、あたしの名前を知ってるんだろう？　お春は気味悪さが先にたって、すぐには物が言えなかった。

「おっかさんに生き写しだな。そう言われないかい？」

男は二、三歩後戻りして、お春に近寄ってきた。お春はようやく、声を取り戻した。

「すいません、どなたさんですか」

男はちょっと顎《あご》をあげ、目をぱちぱちとさせると、破顔した。手をあげて頭をおさえた。袖からのぞく腕も痩せこけていた。

「こいつはすまねえ。驚かせちまったな。お春ちゃんは、俺の顔を知らねえよな」

「おっかさんのお知り合いですか」

「そうだよ。俺は市太郎ってもんだ」そう言って、男は目を細めた。「おっかさんは達者かい？」

「あたしのおっかさんは――」

お仲っていいますけど、と言いかけたとき、男が急にずかずかとお春に近づいてきた。思わず飛び退《の》くと、男は手を伸ばしてお春の胸元を指した。

「それ、薬袋じゃねえか」

確かに、お春の胸元には薬種問屋からもらってきた薬が入っている。

「誰か具合が悪いのかい？　おっかさんか？」

男は真顔で、まっすぐにお春の目を見つめている。本当に心配そうだ。

お春はしどろもどろになった。

「これは、うちの薬じゃないんです」

「頼まれもんかい？」

「はい」と、お春はうなずいた。あたしは奉公していて――とか、いろいろ言うべきことが頭をよぎったが、それを口に出す前に、男が言った。

「そうか、そんならよかった。おっかさんは達者なんだな」

ひとりで、納得するようにうなずいている。田圃の方に顔を向け、まぶしそうに目を細めて、何かを思い出す風情《ふぜい》だ。

お春はなんとも困ってしまった。この人、誰だろう。市太郎？　そんな名前、おっかさんから聞いたことはない。

もじもじしていると、川沿いの道を折れて、また別の人がこちらへ近づいてくるのが見えた。ほかでもない、おきんおばさんだった。おばさんはすぐに、柿の木の下に立つお春の顔を認め、ちょっと足を止めた。何をしておいでだい、という感じだ。片手に縞《しま》の風呂敷《ふろしき》包みを持って、日差しに顔をしかめている。

お春はますます困った。その様子が、男にも伝わったのだろう。彼は物思いからさめると、ひょいと目をあげて、様子をうかがうようにお春と彼とを見比べているおきんおばさんに気がついた。すると、急にあわてたような顔になった。

「じゃあな、おっかさんを大事にな。お春ちゃん、頼むよ」

そう言って、男はぱっと踵《きびす》を返した。早足で、なんだか逃げるみたいにどんどんと行ってしまう。呆気《あっけ》にとられて、お春はぽかんと口を開いた。

おきんおばさんのそばを、男はするりと通り抜けた。おばさんはまともに顔をしかめ、身体をねじって男を見送った。そうして彼の姿が消えると、小走りでお春のそばにやってきた。

「あれ、誰だい？」

おきんおばさんが険しい顔をしていたので、お春はとっさに、（おっかさんの知り合いらしいです）とは言いかねた。そう言ってはまずいような気がしたのだ。

「知らない人です」

「話をしてたじゃないか」と、おばさんは咎める。

「道を聞かれたんです」

ふうんと、おきんおばさんは言った。男が消えた方向を振り返り、ちょっとのあいだ、首をひねっていた。

「それなら良いけどね。あれは、ろくでもない男だよ」

お春には、ろくでなしというより病人のように見えた。

「いい身なりをしてたけど……」

「旦那衆《だんなしゆう》みたいでした」

「とんでもないよ。やくざか遊び人に決まってる。羽織の紐《ひも》を喧嘩《けんか》結びにしてたもの」

「喧嘩結び？」

「おや、知らないの？」

おきんおばさんはちょっと笑った。丈夫そうな歯がのぞいた。

「そういう、やくざや巾着切《きんちやくき》りのよくやる結び方があるんだよ。いざってときに、わざわざ手でほどかなくても、羽織を引っ張るだけでさっとほどける結び方なのさ」

巾着切りがそういう結び方をするのは、追いかけられて後ろから襟首《えりくび》をつかまえられたとき、するりと羽織だけが脱げるからだそうだ。やくざ者の場合は、「野郎、表に出ろ」とすごむとき、腕のひと振りで、きれいに羽織を脱ぐことができるからなのだそうだ。

「今度教えてあげるよ。見分けることができる方がいいからね。喧嘩結びなんかしてる男と関わっちゃいけないよ――ところであんた、ここで何してるんだい」

「お使いです。あの、おばさんは――」

おきんおばさんは、風呂敷包みをひょいと持ち上げた。

「あんたに着物を持ってきてあげたんだ。古着だけどね。夏場じゃ、着たきり雀《すずめ》も辛いだろ？　汗だくで、ごらんよ、塩がふいてるじゃないか」

おばさんは、お春の着物の襟首のあたりを指して顔をしかめた。

「あんたももう帰るところなんだね？　じゃ、さっさと行こうよ。こんなところに立ってたら、照り焼きになっちまう。早く麦湯でももらわなくちゃ」

袖で顔を扇《あお》ぎながら歩き出すおきんおばさんのあとを、お春は小走りに追いかけた。おばさん、喧嘩結びとかをしていたろくでもないあの男は、うちのおっかさんの知り合いらしいんですとは、どうにも言えないまま。

いったいぜんたい、おきんおばさんが顔をしかめるようなあんな男と、うちのおっかさんは、どういう知り合いなんだろう？

考え始めると、お春の心は様々な思案でいっぱいになった。おきんおばさんは――思っていたよりは気が良いようだけど――それでも、けっして上品という人じゃない。その人が、吐き出すみたいにして「ろくでもない」と言ったのだ。その男が、うちのおっかさんのことを、とても親しそうに「達者かい？」ときいてきた。おっかさんの娘であるあたしの名前も知っていた。これはどういうことなんだろう？

お春が奉公を始めてからも、一家の暮らしがかつかつの綱渡りであることに変わりはなく、おっかさんは相変わらず懸命に働き続けている。疲れた顔は隠しようがないけれど、それでも愚痴ひとつこぼさないのは見事なものだ。

おとっつぁんはと言えば、お春を奉公に出したばかりのころは、荒っぽくなり愚痴っぽくなり、俺のような役立たずは死んでしまえばいいんだろうなどとわめいたりすることもあったが、どうやら誰かに――差配さんか、お医者の先生だろう――諫《いさ》められたらしく、ずいぶんと落ち着いて、お春がいない昼間のあいだには、おちかや源坊の面倒をみて、家のなかのことも、手探りで少しずつしてくれるようになった。

お医者の先生の話では、このところ新しい処方の薬を使い始めたとかで、これが効いてくれれば、おとっつぁんの目の病にも、だいぶよくなる希望が出てくるという。本人が自棄《やけ》になってはいけないということも、繰り返し言われた。おとっつぁんは、神妙な顔でそれを聞いていた。

そういう日々のなかで、お春は、

「ねえおっかさん、市太郎さんて人、知ってる？」というごく易《やさ》しい問いを、どうしても口に出せなかった。きいてみて、おっかさんがどんな顔をするか、それを知るのが怖いのだ。なにしろ相手は「ろくでもない」のだから。

ろくでなしの、羽織の紐を喧嘩結びにしているような男と、おっかさんはどこで関わりを持ったのだろう。それを考えると、お春は身体が震えてくる。おっかさんは借金をしている。たぶん金貸しから借りているのだろう。あの男は、そういう金貸しの手下かもしれない。「おっかさんは達者かい？」ときいたのも、ああいう取り立て屋一流の挨《あい》拶《さつ》だったのかもしれない。

あるいはもしかしたら、あの男は、おっかさんが働く小料理屋の常連客なのかもしれない。ひょっとしたら、おっかさんに言い寄っているのかもしれない。

（だってあのときの顔。おっかさんのこと、悪く思ってる人の顔じゃなかった）

もしかして、おっかさんはあの男と――小料理屋にはいろんなお客がくる。女目当ての男もいるだろう。おっかさんがそういう男と？　お金のために？

考えれば考えるほど、悪い想像ばかりがふくらんでゆく。だけれど、必死で働き、食べるものも減らし、それでも時々笑顔を見せて、「きっとよくなるから、あとしばらくの辛抱よ」と、おとっつぁんを励ましているおっかさんに、どうしてきくことができるだろう。おっかさんが、もしも何か隠し事をしているのだとしても、そしてその隠し事にあの市太郎という男がからんでいるのだとしても、お春にはそれを問いつめることなどできはしない。おっかさんを悲しませるようなこと、責めるようなことだけは、けっしてしてはいけないのだ。

何か困ったことが起きない限り——どうかそんなことが起こりませんように——あの市太郎という男のことは、あたしの胸のなかだけに納めておこう。そう決めて、心に重《おも》石《し》を抱いたまま、お春は夏を越し、秋を迎えた。

「金を溜《た》める家は、違うってことだね。けちな根性だよ、まったく」

鼻息も荒く、おきんおばさんは言った。

夏の最中、市太郎という男に声をかけられたあの柿《かき》の木に、ぽろぽろと赤い実がついている。てっぺんに生《な》っている実に鳥がつついた跡があるから、きっと甘いのだろう。

砂村新田から海辺大工町の家に向かって、お春はおきんおばさんと並んで歩いている。地主の家から帰るところだ。もう奉公しなくていいのである。寝付いていた嫁さんの身体《からだ》がよくなり、洗濯や掃除を手伝うことができるようになったので、お春を雇わなくても手が足りるのだという。

おきんおばさんは、大いに不服であるらしい。

「いくら手が足りるようになったからって、通いの女中のひとりやふたり、おいておいたって罰があたりゃしないだろうにさ。けちくさいったらありゃしないよ」

お春はうつむいて、少し笑いをこらえていた。働き口がなくなるのは困るけれど、それはまあ、また探せばいい。あたしはちゃんと働ける、一人前の女なのだから。

それよりおかしいのは、どうやらおきんおばさんが、今まで、お春を紹介したことをたてにして、地主の家から、いろいろと無心をしていたらしいということだ。最後の挨拶をしたとき、旦那さまが、今までよくやってくれたと言って、お春にほんの少しお手当をくれた。おきんおばさんもそのそばにいて、旦那さまといろいろやりとりをしていたのだが、それを聞いていてわかってきたのだ。

地主の家では、親戚《しんせき》筋のおきんおばさんの無心だからむげにはできないし、確かにひどく困っているときに、うってつけの女中を連れてきてくれたという恩はあるから、我慢して聞き入れていたようだけれど、最後の最後になって、ちくりと文句のひとつも言いたかったのだろう。そして今度は、言われたおきんおばさんの方がむかっ腹を立てているのである。

おばさんも面白い人だと、お春は考えていた。ひどくぶっきらぼうなところもあったし、かと思うと優しいところもあった。で、時々古着をくれたりお菓子をくれたりしたけれど、その金の出所は地主の家だったというわけで――

「あんたのことだって、安く使ってたんだろ、あの家じゃ」

えらい剣幕のおきんおばさんに、お春は黙って、でもこらえきれずにちょっと笑った。

秋に入って、お春の家には、何よりもいいことがひとつあった。お医者の先生の診立《みた》ては正しかったようで、新しい薬が効いて、おとっつぁんの目が、少しずつではあるけれど、良くなる方向へ向かい始めたのだ。このごろではずっといいと、本人は言っている。強がりのおとっつぁんの台詞《せりふ》だから、鵜《う》呑《の》みにすることはできないけれど、それでも嬉《うれ》しいことだし目出度いことだ。目さえよくなれば、腕は確かなおとっつぁんのことだもの、仕事はいくらでもあるだろう。

その夜、おっかさんが仕事を終えて帰ってきたところで、お春はおっかさんに、おきんおばさんの話をした。おとっつぁんたちはもう横になっているので、声をひそめての話だったけれど、おっかさんは軽く声をたてて笑った。

「悪い人じゃないのよ、おきんさんは」

ふたりで白湯《さゆ》をすすりながら話をしているときに、お春は、おっかさんの髪から線香の匂《にお》いがすることに気がついた。どうしたのと尋ねると、おっかさんは髷《まげ》に手をやった。

「あらそう、まだ匂うかね」

「お弔《とむら》いに行ったの？」

「お弔いには間に合わなかったから、お線香だけあげに行ったのよ。ちょいと、お店を抜けさせてもらってね」

「誰が死んだの？」

「あんたは知らないだろうね、市太郎さんて人なんだけど」

お春はひゅっと息を呑んだ。市太郎？

「おっかさんの幼なじみの人でさ」お春の驚き顔に気づかないまま、おっかさんは続けた。「長屋で、隣に住んでたんだよ。鋳掛《いか》け屋の息子でね。だけどおとっつぁんのあとを継がないで、若いときにぐれちまってね」

「――やくざなの？」と、お春はやっときいた。

「まあ、そうだねえ」と、おっかさんは薄く笑った。「何をしてたんだか知らないけど、一時はずいぶん羽振りがよかったんだよ。おっかさんも、櫛《くし》とかかんざしとか、もらったことがあるからね。市太郎さん、家を飛び出しちまったあとも、おっかさんとかおもんさんとか――おもんおばさんはあんたも知ってるだろ？」

「うん、知ってる」今でも近所に住んでいる、おっかさんの幼なじみである。

「よく、市太郎さんに遊びに連れてってもらったもんさ。楽しかったね」

懐《なつ》かしそうに、おっかさんは目を細めた。「市太郎さんは、そりゃまあやさぐれ者だったけど、ちゃんとしたところもあってね。あたしがお嫁に行くことが決まるとね、こう言ったもんだよ――」

――お仲ちゃんは、堅気《かたぎ》の人の嫁になるんだからな。もうこれからは、道であっても、俺は声をかけないよ。知らん顔してるぜ。お仲ちゃんもそのつもりで、俺に挨拶なんぞしちゃいけねえよ。

「市太郎さんは、住まいはずっと神田の方だったらしいって話だけど、時々深川にも来てたからね。縁日だのお祭りだのって時には、道で顔を合わせることもあったんだ。だけど、そういうときでも、約束どおり、いつだって知らん顔していたよ。特に、おとっつぁんが一緒だったりするとね」

おっかさんは、衝立《ついたて》の向こうで眠っているおとっつぁんの方をちらっとうかがい、お春に向かって、内緒話をするように顔を寄せた。

「実はね、おっかさん、市太郎さんが好きだったんだ」

お春は、あいづちをうつことも忘れて、おっかさんの横顔を見つめていた。

「亡《な》くなっちまったんだって、その市太郎さんが」と、おっかさんは続けた。「おもんさんが、今日の夕方知らせてくれてね。それで一緒に、市太郎さんの実家の方へ行ったのよ。誰にも知らせてくれるなって、市太郎さんは言ってたらしいけどね。実家じゃ、まだ市太郎さんのお父さんが鋳掛け屋をやってるし、久しぶりに会えてよかったよ」

身体の具合を損ねて、今年の春頃から、市太郎は実家に身を寄せていたのだという。もう長いことはないと、医者に言われていたという。

「肺病だったらしいよ」と、おっかさんは言った。「若いときに、でたらめな暮らしをしてたからね、ツケがまわったんだろうね。本人もすっかり覚悟を決めてて、だけど懐かしかったんだろうね、子供のころに遊んだところとか、しきりと歩き回ってたって」

お春は、砂村新田ですれ違い、振り返って声をかけてきた市太郎の顔を思い浮かべた。あのとき、わざわざ引き返してきて、

——お春ちゃんか？

声をかけてきた。

「おっかさん」と、お春はきいた。「市太郎さんて人、あたしの名前とか知ってる？」

おっかさんはちょっと首をひねった。「知ってるかもしれないね。何年前だったか——四つ目《よめ》の盆市で会ったとき、あんたも一緒だったから。そのときも声はかけてくれなかったけど、遠くから見てたよ」

その点は、そりゃもうきっぱりしたもんだったと、おっかさんは言った。遠いものを仰ぎ見るような目をしていた。

「立派なもんだったよ」

お春は小さく言った。「市太郎さんは、おっかさんのこと、ずっと好きだったんだね」

おっかさんは笑った。「そんなことがあるもんかね。あの人は派手に暮らしてたから、まわりにきれいな女がいっぱいいたろうよ。こんなおばさんじゃなくてさ」

ほうとため息をついて、

「本当にさ、こんなくたびれたおばさんじゃなくてさ」

おっかさんの目が、かすかに潤《うる》んでいた。

もう永くないとわかっていたから、市太郎は、それまでの決まりを破って、お春を振り返ってきいたのだろう。

——おっかさんは達者かい？

市太郎さんは、おっかさんが今こんなに苦労してる——と知ったら、どんな顔をしただろう。そして今、おっかさんに、市太郎さんは死ぬ前に一度だけ、掟《おきて》を破っておっかさんに——お春に声をかけてきたよと話したら、おっかさんはどんな目をするだろう。

もしかしたら、おっかさんは本当に泣き出してしまうかもしれない。そう思うと、お春は何も言えなかった。おっかさんの泣き顔など見たくない。そんなものを見たら、いっしょになって泣き出してしまうだけだ。

あの日の市太郎の問いかけに、

——おっかさんは達者かい？

あの言葉に、はい達者です、あたしたちみんな幸せに暮らしていますと答えることができなかったのと同じように、口をつぐんでしまった。

かげろうのたちのぼる埃《ほこり》っぽい砂村新田の道にくっきりと影を刻んで、市太郎は歩み去っていった。そうだ、あの人は、最後にこう言った。

——おっかさんを大事にな。お春ちゃん、頼むよ。

今はそのことだけを覚えておこう。死んでしまった人との約束だからこそ、違《たが》えることはできない。あたしはあの人に頼み事をされた。あの人が、たった一度だけ、自分で決めた決まり事を破ってまでも頼みたかったことを頼まれた。そういうふうに考えよう。

「どうしたんだい、お春」

おっかさんがお春の顔をのぞきこんだ。

「思い詰めたような目をしてさ」

心配そうだった。でも、その目がもう潤んでいないのを見て、お春はほっとした。

「なんでもないよ」と、にっこり笑った。

『堪忍箱』とその周辺

金子成人

三十数年前、高校生の頃に映画監督を目指していた僕は、監督になるにはシナリオも書けないといけないという話を耳にしていて、実は生まれて初めてその時小説を脚色したのです。恐れも知らず井上靖の『あすなろ物語』でした。出来の善《よ》し悪《あ》しは判《わか》りませんでしたが、上京して脚本修業とアルバイトの二足の草鞋《わらじ》のころにも、どうしても脚色したい小説に出会った。

これもまた井上靖で『北の海』。同じ頃、もしプロになったら脚色したいという小説に続々と出会いました。山本周五郎、松本清張の作品でした。清張さんの作品は夢が叶《かな》ってこれまで何本も脚色し放送にもなりましたが、周五郎作品だけはその機会が今日まで巡ってきません。

でもいいんです。ほんとに。

その代わり僕は〈宮部みゆきにめぐりあった〉のですから。

僕が脚本を担当したNHK金曜時代劇「茂七の事件簿」は、宮部さんの時代小説短編集

『本所深川ふしぎ草紙』『初ものがたり』『幻色江戸ごよみ』を基にして脚色したものでした。

ドラマ制作担当者から、こういうものがあると言われたのがその三冊。それまで宮部さんの作品はいくつか読んではいましたが、時代物は初めてでした。とにかく〈よかった〉。読んだ後なんども〈いい、いい！〉と、僕は多分ニヤニヤしながら呟《つぶや》いていたと思われます。

しかしそんな原作にこそ大きな罠《わな》があることはこれまでの経験から知っています。脚色しにくいとか映像化が難しいとかいうのとはいささか違って、むしろ脚色する側の心を騒がせ身を焦《こ》がさせるものに限って落とし穴があるのです。

恋焦がれた分包丁捌《さば》きが鈍って折角の素材の前にひれ伏してしまったり、壊してしまったり——。

でも宮部ファンになった僕は挑みたいと思いました。そんな意欲をふつふつと沸き立たせるくらいの短編群でした。

その三冊の作品の何がそんなに僕を惹《ひ》きつけたのか、宮部ファンの読者には言わずもがなとは思いますが、掌《てのひら》に乗るような一編一編にとてつもない珠玉を見つけられるのです。

江戸の市井《しせい》の人々の日常の暮らしの中の、ささやかな夢や希望、せつせつたる思いや呟きや吐息が作者の手にかかると珠玉の輝きを放つ。

でもそれはドンとふんぞり返ってもいないし、これ見よがしでもない。描かれる人物たちの思いがまるで織物のように縦横に編み込まれている、そのほんの少しの編み目の隙間《すきま》からその珠玉は顔を覗《のぞ》かせているのだ。江戸の粋人はよく、裾捌《すそさば》きの時にチラリと見える裏地に贅《ぜい》を凝らすと言うが、その辺の粋《いき》にも通じるものがあるようにも思える。だからといって気取ってる訳ではない。

譬《たと》えが適当かどうか、若いころ上野鈴本演芸場でよく見た先代馬生さんの出を思い出す。出囃子《でばやし》が鳴る。と、幾分腰をかがめた馬生がフワリと高座に出てくる。出るが、目はキョロキョロと泳ぐようで決して客席を見ない。座布団《ざぶとん》に座り扇子を板に置くまで見ない。

その馬生さんの動きには、〈参ったな〉とか、〈人前で話さなきゃならねぇか〉というような気恥ずかしさがあったように僕は感じていた。

〈気恥ずかしい〉——そんな言葉も、そんな有り様も今では通用しないのかもしれない。

でも宮部作品にはちゃんとある。

僕は偉人伝とか歴史上有名な人物たちとかは余り書きたいと思わない。一度池波正太郎さんの『真田太平記』を脚色したことがあったが、その時は、中央から進出する大店舗とどう戦うか、あるいは折り合いをつけるかと策を巡らす地方の小売り業者一家の話だというふうに位置づけて書いた。そのお陰で、武勇の真田家というより、姑息《こそく》でしたたかで愚痴っぽい人物たちを描けたように思っている。立派な人よりもどこか変な奴《やつ》、正しい人よりも姑息な奴、純粋な人よりもどこか世俗にまみれている奴を書きたい僕としては『堪忍箱』を表題とするこの短編集も期待を裏切られなかった。平凡な日常のなかで生きる名のない人達の一瞬の心の闇《やみ》、輝き、悲しみ、やるせなさ、いじらしさが活写されている。

お美代とお吉という姉妹同様に仲良く育った年頃の娘二人にある時から影が射《さ》す「てんびんばかり」は、嫉妬《しつと》と慮《おもんぱか》りが交錯して現代性を持っているし、「堪忍箱」では、商家に代々受け継がれてきた〈堪忍箱〉の謎《なぞ》に引き込まれるのだが、それが何なのか作者は確《しか》とは明かしてくれない。描かれるのはそこに出てくる人間たちの心のざわめきなのだ。物語がどう決着するかというより、そこにどんな人間が息づいているかが作者には大切なのだ。

「謀《はか》りごと」も、長屋の住人の部屋で死んでいた差配のその死の謎で始まるのだが、謎解きが眼目ではない。差配という一人の人物が、住人のその一人一人に実は別の〈貌《かお》〉を見せていたのだ。気苦労の絶えない差配という役目だ、もしかするとそのいろいろな〈貌〉をしていたのが差配の謀りごとだったのかも知れない。「お墓の下まで」は、親にはぐれ、あるいは親から逃げて行き場所をなくした子供たちを引き取って、わが子のように育てた市兵衛とその死んだ妻の過去が炙《あぶ》りだされる。いろんな事情を抱えた者たちが寄り添って生きている。その暮らしのなかのほんのささいな出来事から作者は人物たちの遠大な人生を垣間《かいま》見《み》せるのだ。「かどわかし」は、お品というかつての乳母に会いたいという子供の思いが軽妙に描かれていて、「敵持ち」と共に落語らしい味があった。宮部さんに聞いたことはないが、恐らく落語にも通じていらっしゃると僕は睨《にら》んでる。「謀りごと」に出てくる松吉という人物は〈粗忽《そこつ》長屋〉など長屋物の噺《はなし》には欠かせないような男である。

今直《す》ぐにでも脚色したいのが「砂村新田」。

目を悪くした父親の稼《かせ》ぎはなく、稼ぎどころかその父親の薬代医者代に母親の稼ぎもお春という娘の稼ぎも吸い取られていく。お春はやっと見つかった女中奉公の為《ため》に、深川海辺大工町から砂村新田に毎日通うことになる。不安だった奉公も彼女の持ち前の踏ん張りでなんとか様になって行くのだが、用意されているのはお春の将来ではないのだ。

ある日、いつもの道を通るお春に声を掛ける遊び人風の男が登場する。

「おまえ、お春ちゃんか? お春ちゃんだな?」

と男は言う。

「おっかさんに生き写しだ」とも言う。

男は「市太郎」と名乗り、

「おっかさんは達者かい?」と、お春の母親お仲の今を気に掛けたままその男は去る。市太郎と名乗った男のことをお仲に聞きたいのだが、お春は憚《はばか》られて聞けない。そんな時お仲は幼なじみの弔《とむら》いに行って来たと言う。死んだのは、お春が一度だけ会ったあの市太郎だった。

お仲と市太郎は小さいころから仲がよかったが、長じて市太郎は家を飛び出してやさぐれ、いわゆる放蕩者《ほうとうもの》になったのだ。しかしちゃんとしたところもあって、お仲が嫁に行くと決まると、「お仲ちゃんは、堅気の人の嫁になるんだからな。もうこれからは、道であっても、俺は声をかけないよ。知らん顔してるぜ。お仲ちゃんもそのつもりで、俺に挨拶《あいさつ》なんぞしちゃいけねえよ」と言っていたのだとお仲はお春に言う。

その市太郎が、お仲の娘にとはいえその禁を破ったのには訳があった。市太郎は肺病を患《わずら》い、その死期まで知っていたのだ。

お春は得心した。が、どうして市太郎は娘だと知っていたのか？ お仲は言う。何年か前、盆市で会ったときお春も一緒だった。その時も声は掛けてくれなかったが、遠くから見てたのだと。

「砂村新田」はお春の話かと思えば途中からがらりと様相を変え、市太郎というすれ違った男と母親の恋にも似た触れ合いと、死期を悟って、自ら課した禁を破った男の、人生の一瞬の輝きを見せるではないか。その意外性とうねりに感心するしかない。

その案配が全編に行き渡っていて、ある時は軽《かろ》み、ある時は渋くと誠に心地いいのだ。

そんな程のよさを宮部作品には感じている。

感じつつも、剃刀《かみそり》の切れ味と大ナタを振るう筆致を見せつけられるたびに、〈やりやがったな〉などと悔しがり、宮部みゆきを闇討ちにして小名木川に蹴落《けお》としたくなる。

いくらファンといえども、言わば同じ物書き。

嫉妬もあれば負けたくない意地だってあるのです。

そんな思いを切々と訴えれば、たとえ闇討ちしたとしても、回向院《えこういん》の茂七親分は赦《ゆる》してくれるのではないかと、思うのだが――。

（二〇〇一年九月、脚本家）

この作品は平成八年十月新人物往来社より刊行された。

宮部みゆき著

本所深川ふしぎ草紙

吉川英治文学新人賞受賞

深川七不思議を題材に、下町の人情の機微とささやかな日々の哀歓をミステリー仕立てで描く七編。宮部みゆきワールド時代小説篇。

宮部みゆき著

かまいたち

夜な夜な出没して江戸を恐怖に陥れる辻斬り〝かまいたち〟の正体に迫る町娘。サスペンス満点の表題作はじめ四編収録の時代短編集。

宮部みゆき著

幻色江戸ごよみ

江戸の市井を生きる人びとの哀歓と、巷の怪異を四季の移り変わりと共にたどる。〝時代小説作家〟宮部みゆきが新境地を開いた12編。

宮部みゆき著

初ものがたり

鰹、白魚、柿、桜……。江戸の四季を彩る「初もの」がらみの謎また謎。さあ事件だ、われらが茂七親分――。連作時代ミステリー。

宮部みゆき著

返事はいらない

失恋から犯罪の片棒を担ぐにいたる微妙な女性心理を描く表題作など6編。日々の生活と幻想が交錯する東京の街と人を描く短編集。

宮部みゆき著

淋しい狩人

東京下町にある古書店、田辺書店を舞台に繰り広げられる様々な事件。店主のイワさんと孫の稔が謎を解いていく。連作短編集。

宮部みゆき著
火車
山本周五郎賞受賞
休職中の刑事、本間は遠縁の男性に頼まれ、失踪した婚約者の行方を捜すことに。だが女性の意外な正体が次第に明らかとなり……。

宮部みゆき著
魔術はささやく
日本推理サスペンス大賞受賞
それぞれ無関係に見えた三つの死。さらに魔の手は四人めに伸びていた。しかし知らず知らず事件の真相に迫っていく少年がいた。

宮部みゆき著
龍は眠る
日本推理作家協会賞受賞
雑誌記者の高坂は嵐の晩に、超常能力者と名乗る少年、慎司と出会った。それが全ての始まりだったのだ。やがて高坂の周囲に……。

高村薫著
黄金を抱いて翔べ
大阪の街に生きる男達が企んだ、大胆不敵な金塊強奪計画。銀行本店の鉄壁の防御システムは突破可能か？　絶賛を浴びたデビュー作。

高村薫著
神の火（上・下）
苛烈極まる諜報戦が沸点に達した時、破天荒な原発襲撃計画が動きだした――スパイ小説と危機小説の見事な融合！　衝撃の新版。

高村薫著
リヴィエラを撃て（上・下）
日本推理作家協会賞／日本冒険小説協会大賞受賞
元ＩＲＡの青年はなぜ東京で殺されたのか？　白髪の東洋人スパイ《リヴィエラ》とは何者か？　日本が生んだ国際諜報小説の最高傑作。

小池真理子著
欲望
愛した美しい青年は性的不能者だった。決してかなえられない肉欲、そして究極のエクスタシー。あまりにも切なく、凄絶な恋の物語。

坂東眞砂子著
山妣（上・下）
直木賞受賞
山妣がいるてや。赤っ子探して里に降りて来るんだいや——明治末期の越後の山里。人間の業と雪深き山の魔力が生んだ凄絶な運命悲劇。

服部真澄著
龍の契り
香港返還をめぐって突如浮上した謎の密約文書には、何が記されているのか。英・中・米・日による熾烈な争奪戦の果てに待つものは。

小野不由美著
東京異聞
人魂売りに首遣い、さらには闇御前に火炎魔人、魑魅魍魎が跋扈する帝都・東京。夜闇で起こる奇怪な事件を妖しく描く伝奇ミステリ。

桐野夏生著
ジオラマ
あたりまえのように思えた日常は、一瞬で、あっけなく崩壊する。あなたの心も、変わってゆく。ゆれ動く世界に捧げられた短編集。

乃南アサ著
凍える牙
直木賞受賞
凶悪な獣の牙——。警視庁機動捜査隊員・音道貴子が連続殺人事件に挑む。女性刑事の孤独な闘いが圧倒的共感を集めた超ベストセラー。

帚木蓬生著
三たびの海峡
吉川英治文学新人賞受賞
三たびに亙って〝海峡〟を越えた男の生涯と、日韓近代史の深部に埋もれていた悲劇を誠実に重ねて描く。山本賞作家の長編小説。

帚木蓬生著
閉鎖病棟
山本周五郎賞受賞
精神科病棟で発生した殺人事件。隠されたその動機とは。優しさに溢れた感動の結末——。現役精神科医が描く、病院内部の人間模様。

藤田宜永著
壁画修復師
フランスの教会で中世フレスコ画を修復する日本人男性アベ。傍らを行き過ぎるわけありの男たち女たち。哀歓溢れる濃密な人生模様。

藤田宜永著
鋼鉄の騎士（上・下）
日本推理作家協会賞受賞
日本冒険小説協会特別賞受賞
第二次大戦直前のパリ。左翼運動に挫折した子爵家出身の日本人青年がレーサーへの道を激走する！ 冒険小説の枠を超えた超大作。

船戸与一著
砂のクロニクル（上・下）
山本賞・日本冒険小説協会大賞受賞
クルド民族の悲願、独立国家の樹立。その命運は謎の日本人が握っていた。銃は無事マハバードに届くのか。著者渾身の壮大なる叙事詩。

船戸与一著
蝦夷地別件（上・中・下）
日本冒険小説協会大賞受賞
世界が激動する18世紀末。和人に虐げられていたアイヌ民族の憤怒の炎が燃え上がる！ 未曾有のスケールで描く超弩級歴史冒険大作。

北方謙三著

風樹の剣

―日向景一郎シリーズI―

「父を斬れ」。祖父の遺言を胸に旅立った青年はやがて獣性を増し、必殺剣法を体得する。剣豪の血塗られた生を描くシリーズ第一弾。

北方謙三著

降魔の剣

黙々と土を採む焼物師。その正体は、ひとたび刀をとれば鬼神と化す剣法者・日向景一郎――。妖刀・来国行が閃く、シリーズ第二弾。

内田康夫著

幸福の手紙

「不幸の手紙」が発端だった。手紙をもらった典子の周辺で、その後奇怪な殺人事件が発生。事件の鍵となる北海道へ浅見光彦は急いだ！

内田康夫著

皇女の霊柩

東京と木曾の殺人事件を結ぶ、悲劇の皇女和宮の柩。その発掘が呪いの封印を解いたのか。血に染まる木曾路に浅見光彦が謎を追う。

池宮彰一郎著

四十七人目の浪士

義挙の生き証人としてひとり生き延びることを、大石内蔵助に命じられた寺坂吉右衛門。死者たちと心結ばれた男の後半生を描く四編。

池宮彰一郎著

その日の吉良上野介

浅野内匠頭は、なぜ吉良上野介に恨みを抱いたのか？　最大の謎に挑んだ表題作をはじめ、斬新な角度で迫る「池宮忠臣蔵」全5編。

池波正太郎著

江戸切絵図散歩

切絵図とは現在の東京区分地図。浅草生まれの著者が、切絵図から浮かぶ江戸の名残を練達の文と得意の絵筆で伝えるユニークな本。

池波正太郎著
料理＝近藤文夫

剣客商売 庖丁ごよみ

著者お気に入りの料理人が腕をふるい、「剣客商売」シリーズ登場の季節感豊かな江戸料理を再現。著者自身の企画になる最後の一冊。

池波正太郎ほか著

剣客商売読本

シリーズ全十九冊の醍醐味を縦横に徹底解剖。すりきれるほど読み込んだファンも、これから読もうとする読者も、大満足間違いなし！

杉浦日向子著

百物語

江戸の時代に生きた魑魅魍魎たちと人間の、滑稽でいとおしい姿。懐かしき恐怖を怪異譚集の形をかりて漫画で描いたあやかしの物語。

杉浦日向子著

江戸アルキ帖

日曜の昼下がり、のんびり江戸の町を歩いてみませんか——カラー・イラスト一二七点とエッセイで案内する決定版江戸ガイドブック。

杉浦日向子著

風流江戸雀

どこか懐かしい江戸庶民の情緒と人情を、「柳多留」などの古川柳を題材にして、現代の浮世絵師・杉浦日向子が愛情を込めて描く。

北原亞以子著

傷 慶次郎縁側日記

空き巣のつもりが強盗に——お尋ね者になった男の運命は？　元同心の隠居・森口慶次郎の周りで起こる、江戸庶民の悲喜こもごも。

北原亞以子著

まんがら茂平次

江戸は神田鍛冶町裏長屋。嘘八百でこの世を渡るまんがらの茂平次。激動の維新期に我が身を助ける嘘っぱち人生哉！　連作長編12編。

北原亞以子著

その夜の雪

暴漢に手籠めにされ自刃した愛娘の復讐に燃える同心森口慶次郎の執念の追跡。市井の人人の生きざまを描き上げた七つの傑作短編集。

澤田ふじ子著

見えない橋

不義密通の果て新妻に出奔された大垣藩士。意を決して女敵討ちの旅に出るのだが……。男と女の哀切極まる宿命を描いた時代長編。

澤田ふじ子著

幾世の橋

庭師を志し、植木屋で奉公に励む少年・重松。その成長の日々と数奇な運命、宿命に抗い、再生を願う人々の喜びと悲しみ。時代長編。

澤田ふじ子著

高瀬川女船歌

この川は、歓びも哀しみも、卑しさも気高さもすべて見てきた——憂いをおびた船歌にのって繰り広げられる人情時代小説新シリーズ。

堪《かん》忍《にん》箱《ばこ》

新潮文庫　み - 22 - 12

平成十三年十一月一日発行

著者　宮《みや》部《べ》みゆき

発行者　佐藤隆信

発行所　株式会社 新潮社

郵便番号　一六二―八七一一
東京都新宿区矢来町七一
電話　編集部(〇三)三二六六―五四四〇
読者係(〇三)三二六六―五一一一

価格はカバーに表示してあります。

乱丁・落丁本は、ご面倒ですが小社読者係宛ご送付ください。送料小社負担にてお取替えいたします。

印刷・二光印刷株式会社　製本・憲専堂製本株式会社

ISBN4-10-136922-4 C0193